地久天長

愛滋路上的母子情

李慧珍 著

地久天長——愛滋路上的母子情
作者／李慧珍
總編輯／徐惠儀
責任編輯／張婉雯
封面．插圖／劉碧雲
美術設計／梁美鳳
出版發行／突破出版社
香港沙田亞公角山路33號突破青年村
電話：2632 0000　傳真：2632 0388
電郵：breakthrough@breakthrough.org.hk
網址：http://www.breakthrough.org.hk
http://www.btproduct.com
承印／佳能香港有限公司
1996年12月初版1刷
2021年10月初版21刷

Endless Song of Life
by Lee Wai Chun
First Printing, First Edition, December 1996
Twenty-first Printing, First Edition, October 2021

Printed in Hong Kong
ISBN 978-962-264-227-0

誠邀閣下就突破出版社的書籍發表意見
歡迎加入突破書籍 Facebook page—http://www.facebook.com/btbooks.page
本書採用環保油墨印刷

生　命　禮　讚

關懷、連繫、復和、

溝通、對話……

凝視心之脈動，

直到重新尋獲自己的心。

目錄

自序

寫這本《地久天長》，本來是我兒子鶩的心願，以表達我們母子間的愛，像天地的生命永恆而無窮盡。但他已於九六年五月十八日病逝了。在他病危時，我承諾替他完成這書。

他生前很喜歡彈吉他，唱黃家駒、呂方、譚詠麟的勵志歌曲。每當他感到煩惱時，便捧着吉他，自彈自唱，抒發抑鬱的情緒。所以《地久天長》內十五個連續故事的標題也大部分是歌名，帶出了子鶩的一生。在成長至受盡病痛的折騰中，他對這些歌都很有共鳴。雖然子鶩的一生是這麼的短促，卻留下了很多很有意義的東西，最重要是他見證了天主的存在。他歷盡艱辛，走過崎嶇的路，卻始終沒動搖對天主的信念，而天主也沒離棄他，並賜予他無比的恩典。這使我相信天主的恩典，雖不能使我們逃避風浪，卻能使我們經過風浪；不能保守我們不遇危險，卻能保守我們達至彼岸。我同時領悟到耶穌基督一生：祂三十歲出來傳道，工作了三年便被釘十字架，但這三年卻影響了整個世界，祂的付出是多麼有價值啊！正如子鶩，他雖只能活到廿三歲，但他並沒有白過此生。正因他無辜感染了愛滋病，更要積極面對剩下來的日子，他要喚醒別人關注愛滋，不要再漠視與唾棄愛滋病病人，這信念是上主賜予他的。他使我們一家重投天主的懷抱，不再懷疑，不再悲傷與憂慮，因為我們知道無論子鶩離我們有多遠，他的精神永遠活在我們的心中。

我實在感激曾對我們關懷，在背後默默支持我們的朋友。我要對他們深深致謝，包括醫務衞生署的李瑞山醫生及所有姑娘、伊利沙伯特別內科的李頌基醫生及鍾慧兒姑娘、鄧金玉姑娘、愛滋病基金會所有工作人員、唐建生先生、俞錦坤先生、羅乃新小姐、傅月美小姐、杜國威先生、洪朝豐先生、陳德鴻神父、聖伯多祿中學的全體教師們、城市大學的老師，當然還有子騫所有的同學及教會的教友們。他們都是子騫的良師益友，在子騫抱病期間付上的愛心、關懷、鼓勵與支持，從不間斷。沒有他們所付出的一切，子騫便沒有掙扎生存的勇氣與意志，他們是子騫在黑暗中的一盞明燈，苦難時的依靠，這份珍貴的友情，我們一家都會銘記於心。

最後我更要謝謝突破出版社替我出版這本書，以表達我對愛兒的懷念與思憶。我期望在學的青少年、工作上的朋友、病中的病友，無論受到任何挫折，風浪與困難，請想起子騫，不要輕易放棄你們的理想、學業與生命，請珍惜你們擁有的一切。

李慧珍

李序

想起子鶩在一九九〇年首次被轉介到伊利沙伯醫院時的情境，我印象最深刻的不是這個當年十六歲的血友病人，反而是陪他一同前來的母親。她表現了十分關切之情，除了不厭其煩地詢問有關子鶩的病情，更再三叮囑和懇求我們盡一切方法為他治療。子鶩當時的病況已屬後期，身體只餘下低於一成的免疫功能，而當年可供應用的藥物亦有限。面對這許多不利的因素，我們為他悉心醫治之餘，亦擔心有負他母親對我們的信任及期望。

隨着子鶩在伊利沙伯醫院覆診的日子，他與醫護人員有了進一步的了解，彼此更逐漸建立了一份友誼。他接受抗愛滋病藥物治療方面的反應不算太理想，免疫功能未有顯著提高，但我們卻詫異於他堅強的生命力，我們都十分欣賞他積極的人生觀，以及對於生命目標表現的執著和毅力。雖然他的健康備受血友病及愛滋病的困擾，他並未有放棄自己的學業和對寫作的濃厚興趣。

在我們的鼓勵下，一九九一年他首次以子鶩為筆名在《愛滋病專訊》中發表了「他們的心聲」，翌年他參加愛滋病公開徵文比賽，勇奪冠軍。他的寫作才華受到肯定，驅使他積極投入愛滋病教育，透過他的筆觸，令大眾關注愛滋病人所面對的困境及不合理待遇。他除了為《紅絲帶》當義務記者，後來更代表本港出席國際性的愛滋病患者交流會。

子鶩的母親是一位勇敢和堅毅的女士。從子鶩年幼時的呵護備至，成長過程中的循循善誘，以及後來愛滋病惡化時的悉心照料，都可以見證到母親對兒子的愛。她的不辭勞苦與毅力，以及積極的態度肯定起了潛移默化的作用，對子鶩影響深遠。

閱讀過子鶩《海闊天空》的朋友，相信都會領會到他對生命的熱愛與及面對困難的勇氣。這本《地久天長》由他母親執筆，可以讓讀者從另一個角度了解子鶱成長的歷程。這本書更喚醒大家對愛滋病患者家人的關注及支持。眼見摯親受愛滋病折磨及摧殘，內心的痛苦是可想而知的。希望社會人士閱讀了這本書後，能夠體察他們的痛苦，減少對他們的歧視並加以援手。

子鶱最後雖然不能戰勝愛滋病，但他在短短六年間的努力，已為香港的愛滋病教育作出了不少貢獻。他的精神成功地擺脫了血友病及愛滋病的枷鎖，達到海闊天空的境界。至於子鶱和母親彼此間的愛，肯定是地久天長的，不會隨着子鶱的去世而被淡忘。

李頌基醫生

李序

九五年初，我懷着興奮的心情為《海闊天空》寫序，深信那是子鶩生命歷程的另一新開始。兩年後的今天，子鶩已離我們而去。但《地久天長》的出版，讓我們重溫子鶩短暫生命裏的光輝片段。他頑強的鬥志和積極的人生觀感動了他的朋友，醫療工作者和其他愛滋病患者。

隨着醫學的發展，愛滋病已經不再是什麼神秘現象。近年來，藥物研究取得了成果，為病者帶來新的希望。可惜的是，很多人對愛滋病患者仍存有戒心，使病者不能過着「平常人」的生活，扼殺了他們融入社會的權利。《地久天長》成功地刻劃了家庭和社會在支援愛滋病患者方面所發揮的功能。子鶩和他家人的努力，使作為社會一份子的你和我，更加了解愛滋病患者的需要。

子鶩曾經表示，他要「以精神意志，去挑戰肉身的死亡；以無盡的信念，去面對有限的時間。」毫無疑問地，他辦到了。

李瑞山醫生
（醫務衛生署）

劉序

有人認為成功之道在於懂得駕馭人生，莫讓苦樂支配一切。

子騖與母親為了肯定生命，並肩奮鬥二十餘載。母子倆不願任由命運擺佈，一直憑着無比的堅忍與勇毅，在苦痛和挫敗中站穩腳步，多年來屹立不倒，成功地掌握命運，為處於不論是順境或逆境的人樹立典範。

特別感人的，是面對絕症的煎熬時，母子之間所堅持的信念，以及無條件的付出，正好見證基督信徒的「信、望、愛」三德，並將之發揮得淋漓盡致。

子騖與家人過往一定曾無數次祈求天主賜予健康與力量，好使各自都能完成人生中一些大事。天主似乎只為他們安排了磨難與考驗，但卻成全了母子二人，共同創出超卓不凡而又充盈着真、善、美的事蹟，給人間增添一點永恆的光輝。

劉超賢

（聖伯多祿中學校長）

俞序

再次回望子騫的一生，多了一份安然；少了一份激情。但無論如何，這小子的笑容卻永遠活現紙上。

子騫媽咪既輕且重的文章帶領我們重溫他的生命樂章，教人心靈跳躍。一字一句細訴子騫用自己的生命教我們如何真心愛生命。

我想每個人一生中總有叫人們受不了的苦難；但他以自己的生命展示給我們看，就算如何困苦難行，總要憑着信、望、愛邁步向前。

俞錦坤

（香港愛滋病基金會服務主任）

杜序

千古以來有數不盡的文章歌頌母愛，現實生活裏有無數感人的母親故事。媽媽是生命中唯一不離不悔，竭盡所能去愛你的女人。母愛裏包括犧牲、無條件忍耐、寬容、承擔……子鷟是幸福的，因為在他短暫生命中仍能享有母親對他的關懷與愛。

子鷟病情未急劇惡化前，李女士一向希望關心她兒子的好友把事情低調處理，我猜她是恐懼傳媒以子鷟的例證來大做文章，以致影響她家人的生活，帶來不必要的麻煩。我對她的想法十分了解，長期照顧子鷟使她心力交瘁，既要上班工作，又要留心兒子的情緒，為子鷟精神萎靡而擔心，看見他笑才鬆一口氣，隨時準備遇上意外便要立刻揹起兒子往醫院急救。長期的壓抑與「備戰」狀態，不是一個普通女人可以面對的，所以，去探問子鷟時，我特別想看看子鷟的母親，對她說幾句鼓勵安慰的說話。

子鷟和她母親實在太相似了，還記得李女士第一次出現在我面前時的模樣，帶着微笑、不委屈可憐，也沒有刻意樂觀，態度寬容，充滿智慧與毅力。我根本沒法説些什麼安慰的話，她的眼睛已告訴我：為了子鷟，天大的事情也可撐起來。我恍然而悟，了解子鷟為什麼可以這樣開朗，我未見過子鷟流淚、沮喪，因為他像他的媽媽。

子鷟死了，每個朋友，包括我，都有足夠心理準備去接受這個事實，是子鷟的舅父首先來電告訴我的。我心想，子鷟媽媽的肩擔可以放鬆了，長期抑壓的緊張情緒可以緩下來了，她可有痛痛快快大哭一場？她仍慣性地對着子鷟那張空椅子閒話家常嗎？她的傷心何時才平伏——？

我後來才知道李女士這段日子在埋首寫這本《地久天長》來紀念子鷟，還希望我為這本書寫序。收到她手稿的影印本，我怔住、呆住。我知道如果子鷟仍可以苟延殘喘地活着，要她放棄一切工作，每日不眠不休照顧兒子，直至永遠，她也甘之如飴，永不言悔。我十分明白她為什麼要執起筆來，開始嘗試寫作，因為她像她兒子一樣，用心去想，用筆去寫，寫出真摯的母子感情，將子鶱短暫一生記錄成文稿。她深深懷念摯愛的子鶱，希望透過筆尖和字裏行間，去感受兒子所感受的，祇有這樣，才能與子鶱永遠連繫，更加溝通，更加了解子鶱，天上人間，生死都是永恆。

寫到這裏，彷彿又看見子鶱那天真純良的笑容，天長地久，地久天長，祇因有愛，才繫心中。

杜國威

羅序

認識子鶩，是因他為我所主持的電台節目擔任嘉賓，節目主題是「出生入死，出死入生」，訪問一些直接觸摸生命及死亡邊緣的朋友。他一句「為什麼不是我？」為我帶來難忘的震撼。面對命運的無情，生死的衝擊，他竟能如此瀟灑，完全堅決；既不怨天，也不尤人，一切既是命中注定，便成理所當然，沒有質疑，沒有抗拒。在子鶩的心靈國度裏，沒有「不能承受」這四個字，因為他對一切痛楚得失，都看得淡然無悔。孱弱的身軀，瘦削的面孔，不能阻擋他眼神中流露出的堅決，安詳的語氣，表達了思想的豁達，令我驚歎這個身經百戰的青年，怎能在死亡的陰影下，活出生命的光輝，而且透過認識死亡的無奈及無助，掌握並跨越生命的永恆。

認識子鶩媽咪，是在子鶩走過最後一段日子之時。首次到他家探訪，出現在我眼前的，是一位神采飛揚，充滿活力的女士，與我心目中飽經滄桑，充滿憂慮的形象，截然不同，這也是一次難忘的震撼。和她傾談之間，我發現無論情況多麼惡劣，如何心力交瘁，她永遠保持積極達觀的心態。身為母親的我，雖然感受到那份盡在不言中的關懷，但卻無法想像她的堅強和盼望。直到最後一刻，她都全心全意，與子鷲並肩同行，奮鬥到底。與此同時，她仍然無微不至地照顧正在面對會考的子鷲弟弟，應付工作和家務的各種需求。子鷲固然堅強，但她的媽咪，可能比他更堅強，因為她要承擔的，比子鷲還要多，但所得的支持，遠遠不及子鷲。難怪子鷲的未了心願，就是要寫一本關於他和媽咪的書，可惜我們知道這心願之時，他已沒法執筆，於是觸起請他媽咪代筆的構思，不但完成子鷲的遺願，更可延續他和媽咪之間的同心，發揚他們對生命的尊崇及熱愛。

羅乃新

附：本書書名，是幾經艱辛才揣測成功的，當時子鶯已經不能說話，我們只能從旁猜估，到最後只知道是呂方的歌，歌名四個字，可惜找到的歌，意思都不配合本書的意義，正在困惑不已的時候，傅月美突然送來這首「地久天長」，正是子鶯一生的寫照，特將歌詞刊登如下，作為子鶯最後的心聲：

地久天長

浪滔滔　未淘盡我的腳步
雲捲捲　捲進風波永沒完
路彎彎　未來是那一個夢?!
夜空空　怎可有空虛這樣濃?!
是否不甘心的奮鬥　總必有豐收?!
是否必要運氣　才可找到轉機?!
是否這一刻的最愛　將不再更改?!
幾多次努力過　才活出自我?!
霧飄飄　淚還是雨像偷抹掉
愁點點　嘴已張開卻沒言
情痴痴　或全是我的幼稚
夢匆匆　一轉眼已阻隔萬重

媽咪、早晨

那年我才廿歲出頭，性格相當倔強，內心永遠有自己一套理論，什麼困難也不怕。遭遇到挫折時，我永遠告訴自己不要懼怕，自己還年輕呢！有健康的身體與時間嘛！這性格其實是相當進取與健康的，但不欣賞你的人會認為女孩子不能這般強，女孩子應該柔弱些，不能有男孩子般的性格，因此我與老一輩的人不易溝通，時常感到自己生不逢時。再者我一向也不喜歡停留在某一個階段，喜歡隨着時代適應新的轉變，我想這樣才不會隨着年紀老大而與外界脱節，也許這種性格幫助我日後與子驁共闖多個難關，碰見驚濤駭浪時也能冷靜地面對。

新婚是我最開心、最無憂無慮的一段日子，過着二人世界的生活，日間在貿易行上班，放工後回家買菜弄飯，每晚愛看的電視節目是日本片集——《柔道龍虎榜》、《鸞鳳和鳴》、《二人世界》、《綠水英雌》等，全都是激昂勵志的片集，比起今天一些低俗、血腥、三級的片集富有教育意義得多呢！半年後，我懷着子驁，那份喜悦、緊張的心情非筆墨所能形容。憧憬着未來的新生命的誕生，是多麼的幸福！可惜彩虹曾現，好景不長，子驁的出生，展開了我以後一段漫長艱苦、辛酸、驚心動魄的生活。

經歷一星期多的折磨，子驁仍不肯來這世界上，他像預知來到這世上將要受盡苦楚，所以遲遲也不肯出生。進入產房時，他已幾乎被焗死了，醫護人員勞動了大半天，又鉗又泵的才把他弄出來，頭骨鉗碎了，頭頂也泵出一個瘤，我像從鬼門關內死裏逃生似的，受盡痛楚的折騰。假如在今天，醫生一早已替我做剖腹手術，不用我受這麼多的苦。姑娘弄乾淨子騖，把他放在我懷裏，他已眼瞪瞪的看着我，把我嚇了一大跳。嬰兒不是大都瞇起雙眼，傻呼呼十分渴睡的嗎？為什麼子騖「眼碌碌」的呢？

我問姑娘：「姑娘，為什麼B B眼仔晶晶四處望的？」

姑娘說：「每個B B神態不一樣的嘛，有的精靈，有些乖巧，你以為是一個模印出來的嗎？」

這一剎間，子騖雖不會說話，但可能他已預知我倆注定要走過荊棘滿途的日子，所以一出生已眼瞪瞪的看着我。從小到大，直至病重的時日，子騖的眼神表達能力相當強，他最美麗的也是一雙眼，睫毛長而捲曲、眼睛清晰而明亮、充滿智慧的神采。

出生後，他有着很多嬰兒都有的G6PD，被放進一個箱內照燈，什麼一大堆西藥、中藥都不能亂吃，吃錯了會導致溶血症。燈照了多天，情況沒惡化，才把他抱出來，高高興興的可以回家了。為了方便照顧子騖，我們開始與奶奶同住。丈夫的家庭是一個傳統而保守的大家庭，兄弟姊妹眾多，但不團結，互不關心，常常互相比較，說話多而沒建設性。我與他家人的生活習慣、性格相距太遠了，文化背景不一樣，溝通不來。加上子鶱身體弱，病痛多，奶奶也沒放心機盡力照顧他，每天只顧着搓麻雀，遇着子鶱有病，就怨聲載道。子鶱爸爸不是個決斷的人，最怕遇到麻煩或挫折。我才廿多歲，生活得很不開心，被壓迫到透不過氣來。

子鶱已牙牙學語了，開始會爬行，學走路，也開始認人了，認得我是他的媽咪，每天早上我要上班，他見到我梳洗好、穿衣服預備出門，便從嬰兒牀上爬起來，攀着牀邊兩手伸向我，纏着我哭得很悽涼。雖然我只在晚上守護着他，他已知道我是最疼愛他的親人。

子鶱學懂的第一句說話是：「媽咪，早晨。」是我教曉他的。他很乖巧，每天早上必說這句話，「媽咪早晨」、「爸爸早晨」，從不間斷。這句話叫了廿三年，直至他病發，後期再也不能語言的幾個月。最後臨離開我們之前二天，他費盡九牛二虎之力向我說了句：「媽咪，早晨」。我為他所做的一切，他是很清楚知道的。這是他最後向我說的，要說出這句話很不容易，要用盡他全身的力量。雖然他已不能再多用說話來表達他的謝意，但我知悉他內心所想的。這段日子我倆之間已能心領神會彼此的思想，不再需要用言語溝通了。

開始第一句說話是這句，結束生命前也是這句：「媽咪，早晨。」我此生永遠都會懷念這句說話。

赤的疑惑

子鷲開始學走路，每天撞撞跌跌的，我初時不為意他身上的瘀痕，隨着時日才發現他很易碰瘀，那些瘀痕歷久不散，偶而撞到嘴巴，牙肉會滲着血久久不止。我開始感到不妥，難道是壞血病？因此，我帶他去看專科，經過多次繁複的驗血，證實子鷲患了先天性血友病。記得第一次見李明真醫生，她是一位很好的醫生，今天大部分血友病者都是她從小看到大的。期間她為血友病病者真的付上了不少精神與愛心，孜孜不倦的為他們一次又一次作長期奮鬥的治療，與大部分血友病患者也聯繫到今天，彼此像朋友般關心。眼看曾經從小在她治療下長大的孩子，因輸入受污染的血製品而感染了愛滋病以致病逝，她也很無奈與痛惜。她的確是一位很專業，而且敬業樂業的好醫生。

那天李醫生對我說：「子鷲患的是血友病，他終生是要避免流血的，無論外出血或內出血，都很難止血，尤其是所有關節，更要小心不能弄壞，因為有時關節內出血是不易察覺的，到察覺時可能已導致關節腫脹，而影響行動了。」

我聽完李醫生詳細的報告後，如跌進一個冰窖裏，一刹那像給宣判了死刑似的。這麼悠長的歲月，怎樣可以捱大子鷲啊！往後的日子，我不知哭了多少遍，看着別人孩子健康活潑，自己的子鷲多麼令人心煩意亂。

回到家裏，我把情況告知子鶱的爸爸與奶奶，原以為他們會為我分憂，商量怎樣把子鶱照顧得更好。但他們的反應，卻猶如一盆冷水澆向我。他的爸爸好像孩子與他無關似的，只說了一句：「你搞掂啦！」奶奶就向其他的子女投訴我的兒子是如何難照顧，句句洩氣話，令我感到無助，情緒十分低落。他們不曾付出過，已怨言多多，或像子鶱爸爸置身事外，完全沾不上邊似的。幸福不是唾手可得的，不是必然的，這就是我遭遇的寫照了。突然間我感到很孤獨，彷彿這世上只有我與兒子兩人，身邊所有人都像完全與我無關似的。我是家中的長女，還有三個弟妹在求學階段，當然父母對我也是愛莫能助，只能用語言來支持我、鼓勵我用心好好把子鶱撫養成人。

自發現子鶱患了血友病以後，真可謂「三天一小事，五天一大事」。因為子鶱一不小心導致出血，就一定要注射凝血素才可以止血，這樣就不停的要進出醫院。他才一歲多，每次注射凝血素都哭得死去活來，那支20cc的針筒，粗得像水喉般，已把他嚇壞。嫩小的手臂，每次也給護士與我牢牢的捉着，好讓醫生找血管注射下去，遇上他掙扎，注射不成功，又要再來過，真的像上戰場打仗似的，弄到一團糟，他哭到幾乎全層樓也聽到。眼看着他這樣，我心痛極了，他身上出血，受盡痛楚，我也眼淚不止，內心淌血，實在感到切膚之痛，他是從我身上出來的，這份痛楚是別人沒法感受得到的。

有一次子鶱撞到上顎，導致門牙破裂，就算注射凝血素也無效，因為一吃東西，觸動了上顎，就會不停滲血，子鶱要留醫治療，還給醫護人員縛了在牀上，不許他進食，要待上顎復原後才可以吃東西。但奶奶卻靜悄悄地給他東西吃，導致他止不了血，給護士知道了，狠狠的罵了我一頓。護士當然不知道誰人給他吃東西，我是他的媽咪，當然首當其衝給她們怪責。我告訴奶奶，子鶱暫時是不能吃東西的，她就不是相信，說不給子鶱吃東西，難道想餓死他嗎？

我對她說：「子鶱住在醫院，醫生與護士比我與你更清楚子鶱需要些什麼，不吃東西不會輕易餓着的，因他正吊着葡萄糖水，暫時不吃東西沒大礙的。」她即時搬出一大堆什麼吃鹽多過你吃米，醫生與護士懂什麼的話，說自己好心沒好報，不想孫兒餓着，問我看見個兒子這樣，忍心他肚餓嗎？我給她氣壞了。這次子鶱在醫院住上了差不多一個月才可以出院。

憑着愛心

子鶯上醫院的次數愈來愈多，每次有事我就要向公司請假或早退，而奶奶只會抱怨，使我更心煩，與她衝突爭執也多了。我感覺她好像沒愛心似的，只顧自己的娛樂（搓麻雀），子鶯在她心目中並不是最重要的。其他子女回來，她就會訴苦似的說一大堆話，像我兩母子負累她似的。我忍受不了，決定要搬離這家庭，我與丈夫商量，他照例是猶疑不決，怕他家裏的人多說話。

那天，我對他說：「假若你不願意搬走，那麼我自己與子鶯搬出去好了，我實在忍受不了你家裏的人。我應付子鶯的健康已筋疲力竭，再不能承受你家人的壓力。我需要一個有愛心的人照顧我兒子。」

子鶯爸爸說：「你這樣做，他們會說我不孝的。」

我說：「你是成人了，應該可以獨立照顧妻子與兒子，不要老是依靠你家人來照顧你的兒子。當然你的母親願意做這件工作，那最好不過，她始終是親人，但若她認為是件苦事，不願承擔這責任，這樣下去也不是辦法，大家勉強生活在一起也不會快樂的。」

我與丈夫經過多次的商討，後來在朋友的介紹下租了房子。房東太太日間給我照顧子鶯，她是個基督徒，很喜歡小孩子，她的子女全都去了美國讀書。子鶯雖然仍不斷要去醫院，但起碼他可以在一個充滿愛心、有信仰的家庭內生活，這是很重要的，他的成長充滿溫情、包容、體貼、關懷。我每天上班他不再哭了，依偎在房東太太懷裏，揮起小手與我說「拜拜」。

不知不覺間子駕已兩歲多了，他那天真的笑容，標緻的五官始終掩蓋不了病容。小時候我陪他一起玩積木、砌圖、教他看圖認字，全是靜態的活動，卻培養了他的耐性與思考力。他的身體情況並沒有隨着歲月而好轉，反而關節常常出血，導致膝蓋內積了瘀血，走路不太靈活。

子駕要時常去醫院，而在這期間他遇上了一羣同年齡的血友病小孩，感情也由此而建立起來。他們就是勇仔、智濬、彬仔、家明（註）。勇仔是一個很精靈的孩子，活潑、聰明、善解人意，他與子駕在醫院多過在家裏，可算一起成長。有時候，他在醫院見了我們，猶如見到親人般的親切，滔滔不絕地告訴我們他的病況，可惜他是最早離開我們的一個親密病友，死時才十五歲。這樣也好，可以不用再受這麼多的痛楚，但他卻給我與子駕留下一個永遠的懷念。

子駕三歲了。有一天，子駕爸爸告訴我：「我們已申請到公屋，一間屬於自己的六百呎房子，你會否放棄工作，回家全力照顧子駕呢？」我聽了這消息，真是比中「六合彩」還要高興，因為我一直也希望自己有能力照顧子駕，但因要租房子住，況且多一個人賺錢，經濟也比較寬裕些。但有了公屋，房租減省一點，只要其他方面更節儉些，我不工作也可以應付生活。我情願自己照顧孩子，因我實在想付出多些愛心給子鶱。

我們裝修好房子，有露台，獨立廚房、洗手間、睡房、客廳。一家人開開心心的搬進去那天，房東太太也捨不得子鶱。但子鶱實在需要我親自去照顧，為了他的健康，我願意放棄自己的事業；憑着愛子之心，我無悔犧牲了十多年的青春歲月。

每天我伴着子鶱寸步不離，他在我身邊靜靜地拼圖、砌積木、認字。他很聰明，一幅簡單的拼圖，不消幾分鐘已砌好；每天不厭其煩地溫習昨天學過的東西。他年紀雖小，但文質彬彬，斯文有禮貌，見到任何人都微笑打招呼，左鄰右里的太太們都很疼愛他。這段時光我倆最親密，有時去公園玩，看着他怯怯的盪韆鞦，上滑梯，他的動作比任何小孩子都慢，因為他也知道不小心撞着可有罪受，但我也希望子鶱能像別的小孩般過正常人的生活。可是他的體力有限，常玩一會兒，便感到不舒服，但又不曉得表達，只是愁眉苦臉的坐在一角。他很喜歡吃「麥當奴」，看卡通片，尤其《小露寶》的片集，還有《跳飛機》節目內的歌曲，每一首他也曉唱。雖然他的童年在醫院的時間比在家裏多，但他是在充滿愛心的懷抱中長大的，我並沒有因他多病痛而離棄他，反而更全心盡意的撫養他。

多少次在親友的喜宴中聚首，聽見妯娌們揶揄我：「為什麼不多生幾個子女，何必死守着一個，這個多不嫌多，少不嫌少的，找苦來辛！」我鄙視這些人，他們趨炎附勢，眼光短窄，全沒愛心，當生兒女是一種投資，放下多少一定要將來取些回報，完全漠視生命的價值，她們也沒有尊重過自己。我覺得這些聚會毫無意義兼且浪費時間，可免則免，漸漸我與子鶩很少參與他爸爸家裏的聚會，這當然又招來了一大堆無謂的責難，但我的態度很強硬，因為「道不同，不相為謀」，反正他們不會雪中送炭，只會落井下石的，不值得浪費時間，我倒不如將時間留給自己摯愛的兒子吧！

註：這幾個孩子都是子鶩在《海闊天空》故事裏提到的好朋友。

紅日

「命運就算顛沛流離，命運就算曲折離奇，命運就算恐嚇着你做人沒趣味，別流淚心酸，更不應捨棄，我願能一生永遠陪伴你，一生之中兜兜轉轉那會看清楚，徬徨時我也試過獨坐一角像是沒協助……」這首歌詞實在太好了，像是我內心的寫照。

子鶱漸漸長大了，需要上幼兒班，我也像其他媽咪一樣有望子成龍的心態，排隊替他報讀幼稚園名校。每天送他去上課，他害怕、羞怯不肯上學，我半哄半迫地送他入校內，轉頭又擔心極了，怕他給其他小朋友碰撞。每次放學回來，不是手肘腫就是膝蓋腫，每個月必定有十多廿天在醫院度過，令我疲於奔命。

子鶱對我說：「媽咪，我不要上學，上學後我又要去醫院打針，打針很痛啊！」

我說：「仔仔乖，不讀書是沒有用的，每個小朋友這個年紀都要上學的。你在學校自己小心點，不要跟別的小朋友追逐、碰撞，就不用去醫院了。」

聲聲叮嚀在他這般小的年紀實在聽不進耳。碰撞是難免的，豆腐似的身軀，可以避得多少次呢？他四、五歲時一直不停的上醫院，我給嚇怕了，不敢再要第二個孩子。每星期我帶着子鶱去望彌撒，風雨不改，每次我跪在聖堂內，向天主低訴苦況，但天主像聽不到我呼喚似的，子鶱情況沒好轉，上醫院的次數比以前更頻密，我氣餒了。其實我小時候已跟家人領洗，在一個宗教家庭長大，但此時卻開始懷疑天主的存在。可是子驁很愛去聖堂，他很愛與天主親近，還極喜歡做輔祭，從來沒因他的病動搖他對天主的信念。

這段歲月是我與子驁最親密的時光，伴着他上學，去醫院，帶着他去看電影，吃東西，苦樂參半。遇着他出血，去醫院打完凝血素回來，電梯壞了或駕駛電梯的阿叔下班了，我便要背他上八層樓，不是間中一、二次，而是每個星期最少二、三次，真是苦不堪言。

子驁有時很天真的問我：「媽咪，為什麼別的孩子跟我不一樣呢？」

我說：「你當然跟別的孩子不一樣，受盡這麼多的苦楚，你仍是這麼堅強，這般乖，他們怎能與你相比呢，你比他們強得多！」

他眼瞪瞪似懂非懂的說：「媽咪，假如我有個弟弟那多好啊！」

我醒覺了，將來假若他沒有弟妹，誰來照顧他呢？有一天我離開了他，他不是更無助嗎？我決定送個弟弟或妹妹給子驁，但這要冒很大的險，因我害怕第二個孩子又會患血友病，又怕懷了孩子對子驁照顧不來。說來很可笑，我可能太堅強了，我所擔憂的一切問題，子鶩爸爸是從來沒意見的，也不須參與任何決定，我與他的距離愈來愈遠了，他更怪我關心子鶩多過關心他。我實在不明白，他活到一把年紀，心智仍是這般不成熟，更不了解妻子的需要，我是多麼需要他的支持與鼓勵啊！

每當深夜子鶩需要上醫院，不是他爸爸要當值上班，就是放工之後與同事們去玩樂還沒回來，即使他在家裏，我也不想他睡眠不足而影響明天的工作。我總是獨自一人帶子鶩去醫院，哪怕是日間或是深夜，我從不曉得驚怕，要命的是這些事多數在晚上發生。但我從沒抱怨過，也從不將自己的苦處告訴子鶩的爸爸，所有事情儘量自己做妥，他哪裏知道我是何等的辛酸，他根本沒這耐性去了解子鶩的一切，我對他訴說也是徒然的。所有壓力與擔憂都是我一人去面對，在夜闌人靜四處孤寂的醫院裏，我伴着子鶩度過不少時日。我已很久不再哭了，哭得再淒酸也改變不了事實，換來的是愈來愈堅強，愈來愈有毅力，背負着重擔，只向前望，從不回顧付出過多少。我也曾多次呼喚上主：「祢把我全然遺忘、掩面而不顧我要到何時？」我的心情，終日惆悵；我兒與病魔糾纏要到何時？我開始逐漸遠離天主，不信祂的存在。因為那時候，我感受不到凡不背負十字架跟隨基督的，不配做天主的兒女。

永不言敗

子鶱六歲時，我懷了他的弟弟。雖然子鶱已升讀一年級，但他在醫院的時間仍是較上學校多，我挺着大肚子去學校，替子鶱取功課，再前往醫院指導他，好讓他趕得上學習的進度。在醫院看見他跟別的孩子正玩得興高采烈的，又要給護士們捉去醫生處注射凝血素，少不免哭到聲嘶力竭，漸漸我看見他注射時掙扎的痛楚也看到麻木了。

我對子鶱說：「子鶱，你不久將來會有個弟弟或妹妹了。」

他高興極了，說：「我要弟弟，不要妹妹，將來我會幫媽咪看顧弟弟，但弟弟不要跟我一樣，常常去醫院。」

其實，我心裏一直害怕，每天也祈求天主，賜予我一個健康的孩子。我擔驚受怕的度過九個月，終於在一個炎夏的晚上，子鶱的弟弟出生了。我因為失血過多，多天不准起牀，要繼續住在醫院，但我又擔心子鶱在家裏的情況，他的爸爸放大假在家裏看顧他。過了兩天，子鶱的爸爸告訴我，子鶱進了醫院，我度日如年的過了十多天才抱着ＢＢ回家裏。那時子鶱仍在醫院留醫，我盼望他可以快些回家，因為我還不能到醫院去看他，只能牽腸掛肚的想念他。不久他可以出院了，我倆彷如隔世般的擁抱着，淚水不斷的湧出，慶幸我倆都安然無事，期間我實在害怕會就此死去，我牽掛的事太多了，假若真的遇上不幸，我是不會安心的。此刻，我才知道養兒育女是需要一輩子承擔的事，不是一朝一夕可以了斷的，從出生、撫養至長大成人，那種千絲萬縷的關係一輩子也分割不開，除非自己不是一個有責任感的父母。

每天早上，我替ＢＢ洗澡，餵奶，時常感到力不從心，天旋地轉。

我對子鷰的爸爸說：「我很暈眩，我怕替ＢＢ洗澡時會倒下啊！」

子鷰爸爸說：「你慢慢來，我在旁邊看着你。」

我只有做一會又休息一會，但最苦的是每三小時要餵一次奶，半夜也不能倖免，日與夜我也沒法休息。

ＢＢ滿月後，我情況好轉些，子鷰的爸爸也消假上班去。子鷰仍是十天、八天的就上醫院一趟，每次我帶着子鷰，抱着ＢＢ，備齊紙尿片和一瓶瓶的奶在急症室外等候。

醫生看見我們，皺着眉頭說：「醫院病菌多，你的ＢＢ這般可愛，你每次也帶他來，不大好吧！」

我說：「不帶他來便沒人看顧，放在家裏更不成。」

後來醫生看見這樣，認為總不是辦法，問我有沒有勇氣學習注射凝血素，假如學曉了，以後可以不用再頻頻上醫院。我當然不懼怕打針，但怕學不曉。我告訴自己一定要學曉，不然，我、子鷟與ＢＢ三個人就要繼續一同上醫院。

以後，每次去醫院，我就拿子鷟來實習，初初學不曉，因為每次都換醫生，也不是個個醫生都願意費時悉心指導我。直到有一次遇到一個很有愛心的醫生，他很悉心的教導我怎樣去找血管，如何注射、如果注射不中血管，只注射在皮下是不可以的，注射中了，又要提防注穿血管，打穿了血管不能再注射下去，要抽出來再注射過，也不能將空氣注射下去。找血管已經困難，因為子鷟年紀小，血管不明顯，拿着那水喉般粗的針筒要狠心才可以完成，加上子鷟每次注射時，都會手腳亂舞的大哭，替他注射真不容易。但我對自己說，要好好把握這機會，學不成，自己就更辛苦，經過了多次嘗試，終於學曉了。但醫生也要我多去幾次醫院，看着我完成所有的過程，他們才有信心讓我取藥回家。初時，只給我兩次的藥，用完了再去醫院取，漸漸他們看見我每次也能順利完成，才多給幾次藥。況且，子鷟受傷，不用到醫院費時等候，可以在家裏立即進行注射，控制病情，注射凝血素次數也少了些。

在家裏注射凝血素時，子鷟看見調藥就放聲大哭，我總不能一邊按着他，一邊替他注射，怎兼顧得來啊！

我要說一大堆說話安撫他：「子騫乖，你哭也要注射，不哭也要注射，你怎不好好安安靜靜的注射呢！」

「你知媽咪歷盡辛苦才學到注射，但如果你哭，媽咪就不能靜心替你注射，你好不好給媽咪一些支持，忍着痛，好讓媽咪快些完成好嗎？」

他仍然只顧哭着，我繼續說：「假如你不聽話，我們又要齊齊去醫院，你又要留醫了，你一定是喜歡醫院多過家裏了。」

他看着我說：「我不要住醫院，我要在家裏。」

「那就別再哭，咬着牙，忍着痛，很快就要完成的，好嗎？」

他點點頭，開始學習不再大哭了，以而扭着面容，做出各種痛楚的表情代替大哭。我問他，是否不哭後注射痛也減輕了，大哭時卻更痛呢？他似有同感的點頭回應我。逐漸，注射凝血素時子騫已不再哭了。有時，他還幫忙調藥呢！

我要改變子騫與我的一生，縱然我倆經歷了無數的風與浪，前路是多麼崎嶇難行，但藉着信心與勇氣，必定會排除萬難，無論跌倒多少次，我也再次爬起來去尋找那美麗的人生。

心痛

小弟不覺也二歲了，他帶給子鶱無比的歡樂。以前子鶱一點也不開懷，現在時常流露出滿足的笑容，還爭着照顧小弟。小弟性格活潑、頑皮、可愛，給家裏帶來了生氣和喜樂的氣氛，他倆感情十分要好，從不爭執，有時小弟看見子鶱受傷不能行動，便很細心在牀邊呵護哥哥，要哥哥快些康復起來一起玩。雖然這段日子要照顧大小兩個孩子，卻畢竟仍是我一生最開心的回憶，我緊抓着我們甘苦與共的時光，深深藏在我的腦海裏。

小弟也上幼兒班了，子鶱的左膝蓋因長期積了瘀血，走路後又再度受損傷，腿無法伸直，走路有點跛。醫生建議他接受物理治療，每星期兩次到戴麟趾康復中心游泳，每星期回醫院覆診一次。奔波了一年了，情況也不見好轉，因為子鶱上學的路程斜路和石級太多，導致他肌肉萎縮，膝蓋腫脹而彎曲，醫生建議他進醫院吊法碼拉直膝蓋，入院十多天，腳拉直了但不能彎曲。

醫生説：「沒關係的，只要每天按照物理治療師的指導運動，慢慢膝蓋就能活動了，不要一下子太心急。」

我接了子鶱回家，他臥在牀上，暫時不能起牀，只能每天在牀上運動膝蓋。

每天中午我要帶小弟坐保姆車上學，臨行前我會把子鶱安頓好，千叮萬囑地說：「子鶱，不要下牀，媽咪很快上來的，知道嗎？」

「哦，知道了。」子鶱每天也是這樣應着。

直到有一天，子鶱不知怎的不聽話。我送小弟下樓時，他自己離牀跌倒且昏迷在地上。我回來時看見他躺在地上，就上前呼喚他：「子鶱，你怎麼了，這麼涼的天氣，還睡在地上。」

我推了他一把，看見沒反應，立時嚇了一跳，我抱起他，發現他大腿搖搖晃晃的，一定是骨折了，我心知不妙，抱他上牀後，馬上致電聯絡他血友病的主診醫生。

李醫生說：「你馬上喚十字車送他上醫院，然後替他注射凝血素，以免他失血過度。」

掛斷電話後，我立即叫十字車，跟着調好藥替子鶱注射。很快警察、救護人員已到來，左鄰右里也湧進來，七嘴八舌的問長問短，看着救護人員用木板固定了子鶱的大腿，我內心驚慌和夾着痛楚，鄰居在我耳邊說了一大堆話，我完全聽不進，腦子一片空白，只是忙亂地打點一切預備去醫院。

他們問：「你通知了先生沒有？」

我茫然地回答：「沒有。」

他們又說：「你還不快打電話給他。」

我說：「到了醫院再算吧！」

他們大抵都認為我不對，在我背後說：「發生了這般大的事，還可以若無其事，一滴眼淚也不掉，又不通知先生，太自作主張了。」

我沒有申辯，只跟他們關照了一聲，待我先生回來後才告訴他，小弟則暫替我看顧一下，便跟着救護人員上了救護車。在車上，我在想：子鴦生死未卜，通知丈夫又怎樣，他也不能令子鴦好轉過來，我也不想影響他的工作情緒。況且現在最重要的，是爭取時間送子鴦去醫院，就算哭也不能改變事實。子鴦從小到大都令我驚心動魄，今次也只是我難忘與痛苦的一頁而已。

到了醫院，子鴦甦醒過來，他痛楚極了，冷汗像黃豆般一顆一顆地滲出來，連哭的力量也沒有。醫生卻圍着他商量怎樣醫治，應該由骨科還是血科醫生負責。因為他們需要大量注射凝血素，必須兩組醫生有溝通才可以治療，子鴦不可以做手術，惟有輸血漿及注射凝血素，最重要是把血液凝固了再算。

我每天去探病，看見他痛苦的表情，扭曲的臉孔，冷汗不停的滲出，他受盡痛苦，我卻是愛莫能助。我內心痛到撕裂，淚水如泉湧。有誰人能體會我有多傷心，只是我從不愛在別人面前哭，寧願一個人哭個肝腸寸斷。轉個面，又裝作若無其事，繼續照顧子鴦。

一星期後，醫生說他止了血，但要轉送去大口環骨科醫院治療，那兒設備齊全，空氣和環境都非常好。而每天我等小弟放學後，便一起去醫院替子鶱洗頭，抹身，照顧他的飲食。

子鶱由腳部到胸口都打了石膏，加上炎熱的天氣令他背部長滿了痱子，苦不堪言。但我察覺子鶱經歷這慘痛的事故，竟然沒有像小時候般大哭，頂多是面容抽搐着，眉眼擠在一起。他不時低唱着譚詠麟那首《傲骨》：「誰知我內心多苦悶，一切沒法如願，誰知我內心多苦悶，因我甚覺疲倦，但到底這鬥爭沒有完，想逼我改變，有誰知我內心，有極強信念。」

我在牀邊看着他，他無奈地苦着口臉，我說：「子鶱，遇上痛苦要學着以微笑面對，一切惡運就會遠離你的了。」他似懂非懂的，我倆實在身不由己，彷彿給命運捉弄。

我每天去學校取功課到醫院指導子鶱，好叫他不致荒廢了學業，他卻很苦惱的對着我說：「媽咪，不要天天迫我做功課、讀書。反正，我這個樣子，將來也不知再能不能走路，還讀書來做什麼？」

我當然不依，責問他：「誰說你不能走路，醫生都說拆了石膏後，再做物理治療，就可以走路了。除非你自己不想再走路吧！」

他聽了苦着嘴臉轉過頭，我知道他不想溫書做功課，他認為見到我真是一件苦事，而且一直也沒把積下來的功課做好，也沒有溫習。我每次來到醫院也很氣憤的怪責他，他只是低頭不語，受盡委屈似的，看見他這樣，我內心絞痛。

走出花園外面，坐下來靜靜想着，子鶩今次不可能很快出院了，康復後還要學走路，我還逼他作甚？不如讓他暫時停學，康復後再回校吧！有了決定之後，我回到病房，看見他在牀上與陳居士[註]閒談着。

陳居士跟我打個招呼，笑着說：「子鶩叫你生氣了，是嗎？」

我笑着答：「不，是我不體諒他的處境，我想通了，暫時讓他停學吧！好讓他安心治療好身體，上課的事，明年再打算。」

陳居士說：「這樣也好，反正他可能需要長時間治療，慢慢來，不要急，這孩子挺聰明的。將來還要鼓勵他站起來走路，不要像我終生都要在輪椅上度過。」子鶩聽到暫時不用再溫習，做功課，咧嘴開懷地笑了。

註：這人物在子鶩遺作《海闊天空》內有更詳盡的描述。

當你靠着主

子鶱在骨科醫院住了大半年，每天風雨不改，我領着小弟疲於奔命的往來醫院。從炎夏至寒冬，我像在醫院上班似的，朝十晚八的陪伴着子鶱，遇上小弟要上學，我便一天來回兩次。

那時小弟轉讀上午班，我一早到醫院替子鶱料理好一切，才趕回家照顧小弟吃午飯。然後再趕去醫院，替子鶱轉身，一天替他抹背二三次，好讓他舒服些，隔天把子鶱連牀架推去浴室，要他的頭向面盆垂下，替他洗頭。我認為勤於清洗，可以助他減輕痛苦。

當時我似乎只為子鶱生存着，反而把小弟忽略了。我一直認為小弟健康，可以照料自己。其實小弟才六歲，但他是何等的體貼細心，跟出跟入的幫忙照料哥哥，遇上哥哥大小便，他便往洗手間取便溺器，又替哥哥遞上他想要的東西。那段日子，小弟從來都是默默地從旁協助，不發怨言。今天想起來，我實在對小弟有虧欠。他來到這世上，彷彿是天主賜給子鶱最好的恩典，假如沒生下小弟，我與子鶱是何等的孤獨無助。真慶幸當初的抉擇沒有錯，子鶱需要我援助，我需要小弟的支持與陪伴。我們三個人一起並肩作戰的度過多少苦難，有誰相信一個幾歲大的小孩，比起他的爸爸還要勇敢和善解人意。

其實我也不是全怪子鶱爸爸，始終他令我們三母子過着溫飽的日子，生活雖說不上十分富裕，但節省些的話也不須顧慮經濟問題。他比較懦怯，怕遇上突發事故，也不曉得冷靜處理，表現急躁。我深明他的性格，所以遇上子鷲的惱人事情，我儘量不去煩擾他，自己處理就算了。

拆了石膏後，子鷲的腿明顯地萎縮了很多，僵直不能動，完全沒有力，他因為怕痛，不願提起腿做物理治療，在我監督下，他勉強做數下，其餘時間只顧看電視，與別的病友聚在一起。因此，我每天更早來到醫院看着時間表，陪他一起去物理治療室，幫他提起腿按照物理治療師的指導做運動。那時候，他感到我很煩，因為如果我不來，他自己就可以不去了，他見到我怎會不皺眉頭呢？

我對他說：「子鷲，你是否不願意再站起來，永遠坐在輪椅上，就這樣度過此生？你本來可以復原的，為什麼這般不聽話？你想再站起來，必定要忍受着辛苦，付出時間與體力，慢慢你必定可以再走路。不然，你永遠都會是這個樣子。假若你願意這樣，我也不願意呢！」我說盡了多少遍，子鷲就是怕舉起腳，怕辛苦，我多擔心他從此再不能站起來。

幸而他很喜歡接近陳居士。陳居士是一位很有學問，有涵養的人，他時常鼓勵子鷲再次站起來。每天黃昏，子鷲會很快的吃完晚飯，催着我說：「媽咪，快些替我抹嘴巴，扶我坐輪椅，我要去陳居士處做晚禱聚會。」

我說：「不要急啊！他們大部分人還沒吃完飯呢？你這般緊張做晚禱，怎麼叫你做運動你總是不上心，難道做晚禱會令你的腳走路嗎？」我一想起他的腿，就氣他逃避做物理治療。

子鶯抬頭看着我，理直氣壯的說：「媽咪，你不明白的，開祈禱會時我感到內心很平靜，感到天主與我很接近，祂看守着我，祂必不離棄我，會使我好起來的。」

我忍不住笑起來：「傻孩子，你別這樣不切實際，好嗎？你的腳好不好起來是要靠你自己的，我才不信你們唸幾遍經文，你就會走路，以前我與你時常在聖堂祈求天主垂顧你，事實又怎樣，你還不是比以前更糟嗎？」

子鶯不耐煩的說：「媽咪，我不跟你爭辯了。總之，我相信天主與我在一起，快些扶我坐輪椅，他們要開始了。」

當時，我給他氣得不知惱怒還是笑。我心裏嘀咕着，天天早禱、晚禱吧！天主會令你走路的了。他們在花園裏圍起來唸經，唱詩、祈禱、不亦樂乎。我卻只覺得他們在消磨那度日如年、長夜漫漫的時光。不開祈禱會，又如何度過這沉悶的日子呢！

然而今天回想起來，我的感覺完全不一樣，因為子鶩有堅定的信仰，祈禱聚會雖然不會令他走路，但可以抒解他心中的苦楚，與天主更接近，有更強烈的信念。子鶩一生靠着天主，將一切重擔交託，尋求天主的旨意，在信德內生活。因為子鶩深受的痛苦，猶如主耶穌在十字架上的痛苦，靠着天主的慈愛，他都一一抵受過去了。

子鶩慢慢可以站起來，膝蓋也能慢慢彎曲活動，他在陳居士鼓勵與支持下，開始一步一步靠着拐杖學走路。很多事情是需要時間去適應的，子鶩在骨科醫院住了一年半有多才漸漸康復，不用拐杖也可以慢慢走了。我喜極而泣，感到自己付出的沒有白費，終於捱過這段風雨飄搖的日子。

那天，子鶩可以出院了，他竟然很依依不捨地向醫院內的病友與護士告別。他最難捨的當然是陳居士。子鶩這次能夠再次站起來走路，陳居士的確是影響他最深的一個人。

人生憂患誰能免，只是遭遇各不同；

安心任得風搖動，安靜那怕浪千重；

明天活得怎麼樣，在乎今天怎開始。

這幾句說話一一在子鶩身上引證出來，人必須要經得起風霜，不然怎嗅得梅花撲鼻香呢？

海闊天空

子鶱出院回家時，剛巧是暑假，我預備下學年讓子鶱重讀五年級。我們搬了房子，替子鶱轉校到聖伯多祿，好讓他不必要再上斜路和密密的石級。

初時子鶱也不習慣一個陌生的學校環境，但他那熱誠、感性的性格、加上成績一直名列前茅，很快便很受老師、同學們的歡迎與讚賞。這期間他有多位要好的同學，就是輝仔、昌仔、健仔與聰仔，一直支持他直至他離開世界，他最大的鼓勵來自他的一大班同學和教會中的教友。

在中學的階段，子鶱在校內積極參與很多班會活動，是品學兼優的學生，生活圈子也擴闊了。這期間我也教曉了他自己注射凝血素，他也曉得如何照顧自己，避免碰撞，身體似乎比小時候好多了。子鶱猶如小鳥般，可以自由自在的海闊天空任飛翔，他開始有自己的天地，畢竟他開始成長了，少年的他漸漸與我疏離了。

子鶱也不用我陪同，可以自己去瑪麗醫院覆診、取藥，我也真的很厭惡那座建築物，它帶給我太多痛苦的回憶，多少個辛酸的日子，日以繼夜的在那兒度過。今天看見那座龐大的建築物不期然會打顫，毛管也會豎起，可以的話，但願以後再也不要去那裏。

子鶱常在放學時，興高采烈的拿出他的一張張獎狀，對我說：「媽咪，看看我今天又得到獎了。」

那時候，他拿一大堆獎狀回家，拿獎狀對他來說真是輕而易舉的事。小弟看得目瞪口呆，十分羡慕。當然啦，小弟拿獎狀不易嘛，我與小弟時常分享他的喜悅。

有時子驁又會對我說：「媽咪，多得你以前這麼嚴厲的教導我。不然，我現在還停留在小學階段呢。」

我對他說：「你那曉得媽咪的苦心，你不是覺得媽咪很煩人，最怕見到媽咪的嗎？」

他笑着說：「我知道妳想我將來做個有用的人，不須倚靠別人生存。」

我說：「將來的事誰也料不到，但不要輕易找藉口放棄學習及浪費時間。尤其是你的身體是沒可能用勞力去找生活的，惟有用腦力，所以媽咪才這般着緊。你想想，媽咪放在你身上的時間比小弟還要多，對小弟的照顧也忽略了，幸而小弟獨立性很強，想起來，真對不起小弟。」

小弟伏在我的肩上說：「媽咪，請放心，我不會與哥哥計較的。」

小弟向來都活潑善良，不拘小節，他待子驁手足情深，樣樣事情都禮讓。子驁與小弟最開心也是這段時光，子驁十四歲，小弟八歲，兩兄弟與他們的好同學，時常結伴去打球、看電影、旅行、燒烤，這段中學的生活是他二十三年來真正健康的幾年。

那時，我心中也一直想，自己沒有白捱大他啊！現在他可以照顧自己了，而我亦可以重獲自由的空間，重投社會工作，重拾過去的自己，這是我一直渴望的。子鶩又勤力又乖巧，小弟功課雖比不上子鶩優異，但也不過不失，他是一個很有愛心的孩子。

我以為惡夢已遠離我們，我與子鶩、小弟已把所有的困難克服了。想着子鶩幾年後上大學，小弟上中學;憧憬未來，我對過往承受的艱苦也不屑去回顧了。

「多少次迎着冷眼與嘲笑，從沒有放棄過心中的理想，一剎那恍惚若有所失的感覺，不知不覺已變淡心裏愛，原諒我這一生不羈放縱愛自由，也會怕有一天會跌倒，背棄了理想誰人都可以，那會怕有一天只你共我。」子鶩最喜愛這首歌，常常彈着吉他，高聲哼唱。

他自己所寫的那本《海闊天空》，書名也是取自黃家駒的這首歌。至於子鶩這筆名有什麼意思呢？「子鶩」是一種鴨類的名稱，不能飛得高，他常常比喻自己像一只醜小鴨，從小至大不能高飛，遠瞻，不能像其他小孩子般正常地上學，也不能上體育課，他渴望能與別的小孩子一起參與各項活動，脫離病患的糾纏，就像安徒生的童話，醜小鴨變天鵝，於海闊天空裏任意地翺翔。

而今天我相信子鶯已可以完成心願，他真的變成美麗的天鵝，飛翔於自己的天空裏。

你知真相我想哭

「好花不常開，好景不常在。」那年子鶯十五歲，醫院多次替他驗血，我們一家人也安排了驗血，因為部分血友病者因輸入受污染的血製品，也間接感染了愛滋病，醫生雖然沒有告訴我們詳情，但內心也生疑，只差證實。我與子鶯互不提起，但他從報章及電視新聞裏也略知一二，大家在那一刻間只盼望一切都是胡說的、弄錯的，不會發生在子鶯身上。

後來，醫生私下告訴我實情，我們一家人都沒問題，只有子鶯不幸已受感染，成為帶菌者。我整個人像陷入了無底的深淵裏，只感到絕望無奈，整個人像脫離了軀體似的，迷失了方向。我不能親口向子鶯說，只盤算着如何告訴他爸爸和小弟呢？我一個人躲起來，哭得天昏地暗，回想起子鶯小時候，一個接一個災難都捱過了，今次究竟受了什麼詛咒，要承受着這個大災劫呢？我如何面對啊！我哭自己命途多苦澀，我哭子鶯災難不絕，一個比一個更驚心動魄。

第一次見到周姑娘與陳姑娘，是醫院方面安排她們來輔導我們的情緒，教導我們與子鶯日常生活起居及醫學衞生的常識，更帶來錄影帶播映關於愛滋病的惡化過程，當 CD4 給病毒打擊，跌到最低指標便是病發的時候了。當時我與子鶯、小弟一起看完錄影帶，大家都心亂如麻，子鶯更一直沉默不語，待姑娘離去後，他走進自己的房間，伏在書桌上大聲痛哭。

小弟當時只有九歲，似懂非懂的屏着呼吸不敢作聲。

我再忍不住了，也痛哭起來，進了子鷲的房間，搭着他的肩膊，對他說：「不要傷心，無論怎樣，媽咪永遠在你的身邊。」

他嗚咽不停，抽泣不絕的說：「那時候，讓我斷了大腿骨流血死了算吧！你為什麼要救我啊！」

我聽了他這樣說，又再次勾起了那段痛苦的回憶，說：「我那知你今天會這樣不幸，我真的懷疑是否救錯了你。你感到痛苦，我也並不比你好受，我這麼辛苦撫養你長大，也不想你會有今天的災難，上天跟我開了個大玩笑。」

子鷲激動的情緒一發不可收拾，痛哭之餘又將書桌上的東西一手掃落地，惱怒地叫：「媽咪，你不該生我下來，你不該讓我來這世上受盡折磨。你們就好啦，沒病沒痛，我多無辜，為什麼我會這樣，這樣對我太不公平了！我這般勤力讀書，這般上進，聽話，我沒濫交，連交女朋友也沒有，為什麼我要受這種懲罰，有公理嗎？我不如一死了之，不要再做人了。」

他太激動了，起來衝出客廳，想開大門外出，我一手拉着他，說：「你鎮靜些，好嗎？死，怎樣死？」

他說要從最高的那層樓跳下去，又說：「媽咪，你放心，我出外死，不會死在家裏的。」

我氣憤極了，一手拖着他，又叫小弟幫手按着他坐在椅子上，摟着他，讓他盡情痛哭、痛罵、擾攘了大半天，大家都哭累了，沉默的氣氛罩着四周，他畢竟才十五歲，能要求他怎樣若無其事地面對這困境呢？

小弟拿了條熱毛巾給哥哥抹面，給他倒了杯冰水，我見他平復了些，坐下來對他說：「記得以前媽咪常常帶你去聖堂嗎？你知否後來為什麼媽咪沒有再去聖堂呢？因為我在天主面前感覺不到天主聽到我的哭訴，我所遇的問題也沒法解決，反而我從佛經裏參透到人生的哲理，解決到我的疑難。

「佛堂大師曾對我說：『你兒子今生是一個不幸的人，但上天並沒有待薄過你呀，你們都有一個健康的身體，衣食不憂的生活，我佛慈悲為懷，你為什麼不好好利用上天賜給你的優越條件去幫助你兒子呢？不要問誰欠了誰，有這種思想即是有怨恨的心，你要懷着寬大、慈愛、無私的心為兒子付出一切，這樣福德不是個個都有機會去做的呀，假如你身體也不好，朝不得晚的，你要幫助兒子也無能為力，這才是真正的悲哀呀。從今你要常感謝上天的慈悲，給你力量好好照顧兒子，這才是正確的心態。』

「這些哲理，開導了我的思想，才能與你渡過這麼多的風浪。佛經內說，一切有因必有果，假若今生注定要受的，避也避不了，今生是要償還的，亦都要在今生去償還，不要抵賴、逃避、無論環境怎樣惡劣，亦都要泰然面對，今生受的苦已夠苦了，不要再把苦難帶去來生，但今生要受的而不去捱過，來生也避不了，要從頭再受過，過往你所受的苦豈不是白受。」

子鶩木然地說：「此生已夠苦了，還要來生做啥？」

我回答說：「你說不要來生就不會有來生的嗎？我與你都希望來生比今生更好。但做人是這般的無奈，假如可以選擇，我與你選擇的是永生不是來生，但你若自尋短見，那你一定不能得永生。」

他突然嚴肅起來，眼瞪瞪的望着我說：「媽咪，你知道嗎？你是叛教徒，你已洗禮了，不去聖堂而去聽什麼佛經，你已犯了十誡的『欽崇一天主在萬有之上』一誡，你已拜了別的神。」

「那你去尋死，不要再做人，難道不犯了十誡嗎？」我氣憤地回應。

小弟突然噗一聲，拍起手笑了起來說：「好哇，你們兩個也犯了罪，明天齊齊去聖堂找神父告解啦！求天主寬恕你們兩個吧！」子鶩與我聽見小弟這樣一說，大家都破涕為笑了。

經過這次的事以後，我知道子鶩更需要我們的支持，幫助他去面對未來更痛苦的日子。

不捨不棄

往後的歲月裏，子鶱雖然如常的生活，但很多時候，他像墮進自己的世界裏，愁眉不展的滿懷心事，整天苦着嘴臉，使我感到像有千斤重的大石壓在我胸口。

我時常開解他，但大家的想法不一樣，漸漸我感到我們之間有道無形的牆阻隔着。有時我開解他說：「世上好像一間大旅店，每個人都只是過客來暫居，始終大家都會相繼離去，你不要太介懷。生命的意義，不在乎它的長短，而在乎它是否是充實圓滿。」

子鶱便不屑的對我說：「你們都沒有病，只會說風涼話，你不是我，你知道我的感受嗎？」

「我怎會不知你的感受，我恨不得有病的那個是我而不是你，你開開心心又要過日子，不開心也要過日子，那為什麼不灑灑脱脱的過，硬要自尋煩惱。」我苦口婆心地勸他。

子鶱卻大叫：「你們當然可以灑灑脱脱的啦，我實在不快樂呀，怎樣可以開開心心啊！」

我雖然有點氣，但仍跟他講理：「子鶱，你每天起來第一件事要感謝天主，祂保祐你媽咪、親人還健在，假若那天真的來臨，我希望是我送你而不是你送我，假若我不在，你可真淒涼了，有誰可以照顧你啊！」

他很不開心，賭氣地說：「你咒詛我？」子鶱實在不了解我的心事，我再解釋着說：

「我不是咒詛你，是希望你面對現實，不要再自己騙自己。子鶩，試想想，你比起別人已經很幸福的了，你五官標緻，活動自如，看上去沒有什麼不妥，你放眼四處看看，有些人一生也不被人接受，他們一出現已遭受別人的歧視，你不比他們幸福得多嗎？」

「他們不會死呀，我將會隨着 CD4 逐漸降低而死去的呀！」他咆哮着。

「一個沒有用的人，要這般長命做什麼？首先相信你自己是一匹好的千里馬，任憑前路有多少障礙，告訴自己必定可以衝過去跨欄；生命不在乎長短，在乎你有沒有燃燒你僅餘下來的日子。」

我不厭其煩地勸他：「你剩下來的日子有多少，大家也不知道，或者將來有新藥可以把你治好呢？不要自暴自棄，把握現在的時間，抱着樂觀的態度，面對現實。不要含着淚過日子，只有生命最寶貴，珍惜一天得一天，你希望自己將來可以為我們留下些紀念，還是默默的離開呢？」

「那媽咪你又做了什麼豐功偉績留下來呢？」他質問我說。

「我雖然沒有什麼貢獻給社會，但我現在的職責是要改變你的心態，我要令你將來無悔的離開我，而不是帶着怨恨、憤怒、埋怨的心態去見天主。」接着又教訓他：「子鶩，你是這麼的愛天主，你也不想天主看見你天天苦惱。我像你這般年紀，已帶領着幾個弟妹，也出來社會工作，幫補家裏的生計了，回想起來，我還沒有你這般幸福呢！」

他繼續執拗說：「你是你，我是我，你小時候一切與我毫無相干，總之，我不覺得比你幸福。」

我氣得哭出來：「你怎麼這樣的不懂世事，什麼一切與你毫無相干，你是怎樣為人子女的呀。以往我為你所做的一切算是白費的，你是否日後一切自己可以照顧自己，不要我再操心嗎？」

「我從來不想要你操心，我也不希望你為我再做什麼。」子鶩說着。

我憤怒極了：「你說得真灑脫呀，我也希望不必再為你操心擔憂，你可以抹去我過去為你所做的一切，但你抹不去的是我內心的悲痛。」

這次莫名其妙的與子鶩吵了起來，他傷透我的心，我痛哭了一晚，他也沒向我認錯。子鶩的爸爸怪我與子鶩吵架，怪我刺激他，我像個壓力煲承受着壓力一樣，為什麼沒人站在我的位置去諒解我。他爸爸對子鶩一概少理，小弟整晚細聲安慰我，勸我不要怪子鶩，他要我體諒子鶩的心境。我感到子鶩太任性了，一向我把他呵護到像溫室內的花朵，他只一心應付他的病痛，從沒有要他經歷外界的風浪，我開始心淡，不知道為這家庭一直無私的付出是否值得。

我明白子鶩的內心，他覺得是我們欠了他，漸漸我全情投入自己工作，希望暫時忘卻子鶩那煩人的病，我與他愈來愈疏離，反正我說什麼他也要唱反調。

有時我對他說：「不要整天像全世界的人欠了你啊！看看四周那些比你更可憐的大有人在，不是個個家中有暖爐的，有些人家很冷酷，一絲溫暖也沒有。我們對你如何，你捫心自問，應該心中有數。」

此後，我開始對他態度冷淡，沒有以前與他那般的並肩作戰，這並不是他書中所寫的，以為現實社會令我變得功利和俗套，而是我要他嘗嘗苦果，嘗試沒有人與他分擔憂慮的痛苦。往昔我太疼惜他，遷就他了，導致他並沒有珍惜媽咪為他所做的一切，他倔強的性格跟我一樣，他又怎知我背地裏對他仍然是不捨不棄呢？

今生無悔

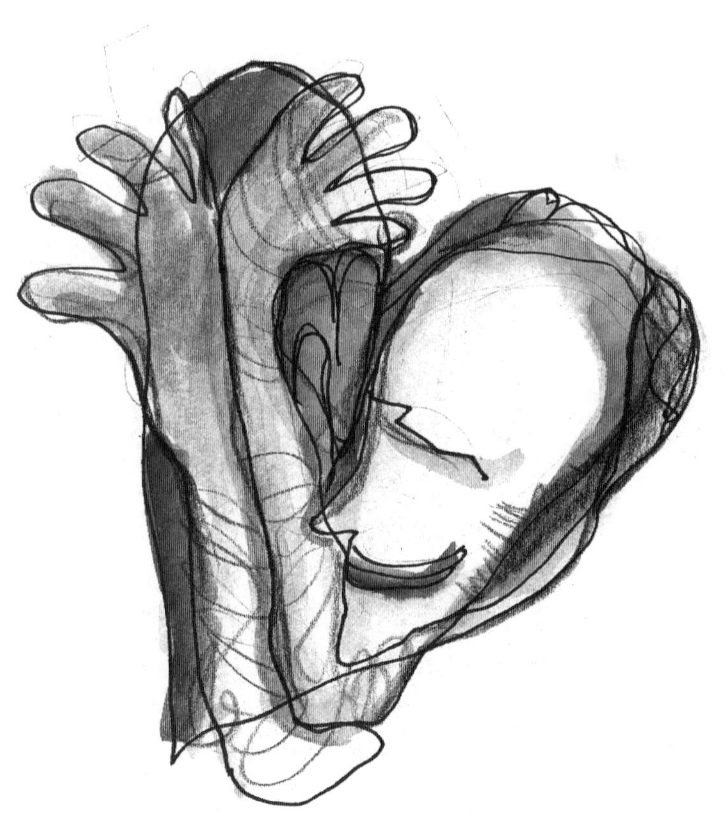

這一年子鷲忙於應付會考，功課忙得他透不過氣來。充實的生活，漸漸地使他變得積極，而孤獨又令他更看清楚自己，知道幸福不是必然的。他開始勤於寫作，並且頻頻得獎，慢慢地他變了，不再怨天尤人，身軀雖然消瘦但眼神閃爍，像一切苦難也理所當然的，在他身上發放出滿懷信念的神采。

會考過後，他從容地在原校升上中六，但我也知他的身體其實大不如前，CD4 開始下降，只剩餘千分之四十。醫生護士們也很關心子鷲的情況，她們要我有心理準備，子鷲的病情會隨時惡化。這段期間，我們與護士們建立起一份珍貴的友誼，她們很疼愛子鷲，不比我們家人付出少。在這時候，子鷲曾一度嘗試用空氣針來結束自己的生命，卻奇蹟地死不去。正如他自己說，既然天主不讓他死，必定有使命要他好好地活下來，他嘗透了人間悲苦，領悟到生與死不是在自己的掌握中。

跟着下來子鷲積極的享受他餘下的生命，那年他奪得香港電台劇本創作比賽季軍、愛滋病徵文比賽冠軍，還積極參與各項比賽，在學校也熱心參與各項課外活動，連不擅長的運動也參與。

我取笑他：「什麼也有你的份兒。」

他說：「媽咪，雖然運動不是我的專長，但我有一份不自量力的意志，教我今天仍能在這賽道上掙扎。我雖然永遠是落後的一員，但往往贏得最響亮的喝采。」

我笑着說：「你真夠阿Q精神。」

這年春天，子鶩跟衞生署的護士一起去日本參加關懷愛滋病的研討會，他回來後很開心的要我與小弟分享他的見聞。到了夏天他還獨自跟旅行團去北京遊玩，雖然只短短十多天，我也憂心忡忡的牽掛着他，我想像不到他竟然在大暑天在北京攀上長城，跟着團員像趕鴨子般的完成旅程，回來後他比之前更清瘦，但兩眼卻充滿無比喜悦的神采，完全不像醫生護士們擔憂他這般差勁。

在預備大學入學試時，他終於病倒了。他需要暫時停學，在家靜養。雖然學校應允為他保留中七學位，他仍是很沮喪，情緒低落。

我每次問起病況，他也只說：「媽咪，沒大礙的，我充分休息就沒問題的。」過了大半年後，他終於再次站起來重回校園。他的堅強，不屈不撓和再接再厲的精神，實在是很多健康的人也不能比擬的。我也曾嘗試勸他放棄，不要再考大學，因他的CD4已降至千分之四，我要求他安靜地度過這段歲月。但他堅持不放棄，我惟有尊重他的決定。

這年十一月他還獨自去南非參加愛滋病世界研討大會，我送他到機場時，才知道他是一人起行，我焦急得如熱鍋上的螞蟻，既憂慮他負荷不了長途飛行；又擔心他發生什麼意外沒有人照應。

我請求他說：「子鶩，媽咪很擔心，不如不要去了。」

但他滿有把握似的說：「媽咪，不用擔心，我會照料自己的了。」

我阻不了他，見他在入閘處消失，我再也按捺不住，痛哭起來。回家後還哭了一個晚上。直至子鶩從南非平安回來，我才放下心頭大石。

每次他遠行，我都害怕再也見不到他。我曾對陳姑娘哭訴，但她對我說：「你讓子鶩自己決定喜愛的生活方式吧！他要堅持多久，他自己心中有數，我們只可從旁支持他，鼓勵他去實現他的理想，他已時日無多的了。」陳姑娘明瞭子鶩的內心世界，多年來一直在他身邊給他打氣。

子鶩終於想通了，不再執著幸與不幸，不再恐懼未來的日子。他說過他一生的經歷像在舞台上一幕又一幕驚險重重的劇情，柳暗花明的以為有轉機，卻又再次陷入無底的深淵。但現在一切他也不在乎了，他要用餘下的時間去關懷別人，要勇敢面對病魔，要好好的活下去，要自己今生無悔的回到天主身邊，讓所有疼愛他的人不再哀傷，為他的生命作見證。

子鷥的一生是：

充滿愛心去關注別人；

充滿熱誠去享受生命；

充滿毅力去參與活動；

充滿智慧去思索人生；

充滿勇敢去抗戰病魔；

堅持不懈的奮鬥未來。

一起走過的日子

子騫廿二歲了，這年他學曉了剪髮，四出替老人院的老人、神學院的同學和朋友義務理髮。跟着做了半年的攝影雜誌記者，四處去做訪問，遇上外國人的訪問，回來還要翻譯成中文發表。他不是對攝影有興趣，而是投入他的工作。這時城市大學取錄了他，他那喜悅的心情我也理解，他終於償了心願，證實他與常人的能力是一樣的，我們也一起分享他內心的興奮。雖明知不會有將來，只是把握現實的一刻，我仍感受到他的滿足感。

其實他渴望是做編劇的，曾經在演藝學院與城市大學之間難以取捨，到後來他過不了體能測試，未能被演藝學院取錄，他才收拾心情開始大學生涯。

我也以為一切會變得美好，希望醫生的診斷偶然也會出錯。他這般精神，完全不像CD4只剩下四個的病人。況且這情況已維持了兩年，那簡直是奇蹟。然而畢竟他透支太多了，終於到了一定的極限。到了年底子騫身體開始不妥，常常感頭痛，全身乏力，每次出外回家都像洩了氣的皮球般，整個人疲累不堪，有時發呆像沒知覺的。他覆診後回來告訴我說，醫生懷疑他大腦出了問題，需要做腦部掃描，我內心的結愈纏愈緊，緊緊的抽搐着。我知他的病情不妙，但仍裝作處之泰然，我不想他憂慮，我更要冷靜自己。

鍾姑娘約見了我，談子騫的病情，叫我要有心理準備，然而她們也不能確知子騫的病情究竟變化到什麼地步。

「因每個人病發時的情況都不一樣。但子騫有極強的鬥志，何時要放棄自己的生命，全靠他本人的意志。現時只有看家人對他的支持與幫助有多少。」鍾姑娘詳盡的說給我聽。多年來我雖知這一天必會來臨，但這一刻，我仍不禁悲從中來。

鍾姑娘還播了子騫拍的一輯《三角天空》給我看。我從錄影帶中親耳聽見子騫說出他的一生，並道出我對他的影響之深及愛護之情。聽到他親口說了句：「我愛我媽媽。」我再也控制不住自己的情緒，對着鍾姑娘哭得像崩堤似的，淚水一發不可收拾。我一向不愛在別人面前哭，但今次再也忍不住了。

在這段日子中，我實在十分感激醫護人員與愛滋病基金會的工作人員，他們對我家人不斷的支持與安慰，沒有他們的鼓勵，我就像在茫茫大海中迷失方向的舵手。在深思熟慮後，我決定暫時放下自己的工作，回家全心全意照顧子騫。

這時候，子騫的腦筋開始混亂，做事不斷重複，反應變得緩慢。他偶然外出，也辨不到回家的途徑，有時會忘記自己正在做什麼，我擔心極了。我給他一部傳呼機，但他永不會覆機。

他也知自己的情況，對着我說：「媽咪，我的生命將會去到盡頭了。假若有一天我完全不能控制自己，而又受着痛苦的話，你幫我了斷生命吧！不要再讓我再痛苦下去。」

我摟着他的肩說：「子騖，到今天你還要有這念頭，我是不會答允你的，我只能告訴你，我與你一起走過這段日子，絕不會離棄你，無論日後承受多大的痛苦、辛酸，我會陪伴你渡過這苦海。」

他流着淚說：「我很怕，我實在很怕我的情況不知惡化到什麼地步，更害怕你們到時不能接受我。」

「你是我最愛的兒子，這一生你受盡人間的悲苦，你以為我會忍心置你於不顧嗎？我也把一切交託給天主，求天主賜給我勇氣與力量，得以好好地照顧你，我堅信因為我對你的愛心，天主不會離棄我與你。」我倆抱頭痛哭了一場。

多次腦部掃描後，證實子騖的病毒已入侵了腦部，導致萎縮，從而影響了身體各系統的功能。漸漸子騖走路變得顫顫巍巍、磕磕絆絆、舉步維艱，日常起居也變得怠惰。

我說：「子騖，好好的走路，別這樣。」

我心裏愈是着緊，愈是輕描淡寫地對他，過去互相並肩作戰才能熬過來，今回只剩下我一人獨自作戰了。

無語問蒼天

元旦那天是我們一家四口最後一次上茶樓和看電影。因為假期後，子驁要回醫院抽脊骨髓。

我對子驁說：「不要抽骨髓吧，很傷身體的。」

子驁回答說：「醫生恐妨我有腦膜炎，不抽的話，真的患上腦膜炎我會很快就完了。」

我送他進醫院，祈求上主保祐他一切平安，但抽完脊骨髓後他再也站不起來了。他什麼也不吃，只吃巧克力。醫生說他身體能量消失得太快，惟有吃卡路里高的東西才能補充，生活起居已不能自我照料。

他吩咐小弟通知他的同學，教會的朋友，好讓他在還清醒時見面談話。這樣一來，每天他的同學，朋友們穿梭不停的探訪，我也驚訝他有這般大的影響力，同學朋友們絡繹不絕，並沒有因他病發而離棄他，反而付上更多愛心與支持，熱誠的友情使我深深受感動。

半個多月後，子驁坐着輪椅回家，這時他的一切機能以迅雷不及掩耳的速度衰退，身體也分崩離析，連漸退的過程也沒有。

這天晚上，子驁對我與小弟哭着說：「媽咪，小弟，我捨不得你們，我真的捨不得你們。」

我摟着他，眼淚再也控制不了，三人摟着哭了起來。我心深處已模模糊糊地感受到，子驁已到了人生的最後歷程了。也許他心底裏很清楚，那可怕的結局不可避免地快要到來。一直以來，我倆是歷盡幾許風雨的掙扎過來，今後只剩下我一人繼續跋涉掙扎奮鬥。

更讓人不安的是我不給他夾菜，他就光吃飯，給他夾了菜，他就光吃飯面上的菜，眼睛茫然地望着前方，不知其味的，他的腦子裏像一片空白的。

每天早上我推着子鶩到洗手間，他只能三步、二步的進入浴室坐着，我替他洗頭，洗澡，使他身上清清爽爽，舒舒服服的。我從他那再無所求的臉上看到何為心滿意足的感覺。我料理他吃過東西後便讓他坐在輪椅上看電視，看累了，扶他上牀睡覺。這時的子鶩，扶着他還可以拿着拐杖自己活動，但身體愈來愈沉重，坐不了多久就要上牀睡覺了。

醫護人員告訴我，不要讓他沉睡，要他多起來走動，我惟有申請有線電視，希望用電影吸引他，晚上與他一起追看劇集，令他有所寄託，原來這真的有效啊！每晚他必定看完《真情》才睡覺。我只期望有多些時間照顧子鶩，那怕只是一年半載，祈求上主現在千萬別帶走他。我實在不夠時間用，每天早上照顧子鶩要費上兩小時，餘下的時間要弄吃的，打掃房子，有時要出外購置日用品，雖然暫時停止上班，但間中還要繼續跟進客戶的工作。最重要是保持家居四周潔淨，因為子鶩 CD4 已是零的了，任何細菌對他來說都有危險。下午還要騰出一些時間給子鶩的老師、同學、朋友們來探訪，畢竟是他們給子鶩最大的支持與鼓舞。我怎不忙到氣也沒法喘呢！

這段日子，我與子鶩、小弟也有過開心的時刻。子鶩自從癱瘓在家後，頭髮也長了很多，根本不能出外去剪髮，我只好自己替他理髮吧！

我把他安置在椅子上，圍好了理髮巾，按着他的髮型替他修剪。本來整個髮型剪得蠻好看的，但我拿着的是一個電剪，最後的那一下不知是電力問題，還是我大力了一點，我把子鶩近髮腳的頭髮，削去了一撮，小弟看見了，笑到呱呱大叫，嚇得子鶩轉頭瞪着大眼睛。他一向很是注重外表美觀的，而且這一刻他又看不見後面的頭髮剪成怎樣，他那裏不緊張呢？

我笑着說：「不要怕，再修剪多一些，就會平均的了。」

突然，我又大力了一點，又削多了一撮。

小弟已笑到彎起腰來大叫着：「媽咪，你不要再剪了，不然外面的人看見，不知情況，還以為你虐待哥哥呢？」

我也給這情況弄到忍不住笑起來，我與小弟愈笑得大聲，子鶩的一雙眼睛就愈瞪得大，像銅鈴似的。

我立即拿了兩面鏡子，一前一後的給子鶩看，笑着說：「不要擔心，只是沒有了小小一撮，有人來探你時，只要戴頂帽子向後拉低一些就看不見了。況且頭髮很快就會再長出來的，反正也不用外出見人了。」小弟笑得更大聲，子鶩滿臉疑惑的看着我們。

眼看着子鶩的情況一天比一天的差，他的機能衰退得很快，已經再不能自己吃飯了，他已沒有了距離感，一匙飯送不到嘴裏，倒了滿身。

農曆新年將近，我祈求天主給子鶩度過今年的新年與生辰，我害怕民間一向所說的，患了重病的人過不了大節日。我每天早上起來，都合上眼睛感謝天主，給子鶩又多一天的生命，減去倒數的日子是賺回來的。記得這時寒流襲港，冷死了很多獨居老人，我怕冷着子鶩，更拚命替他添衣服，給他戴上絨帽，拿一張大被，連輪椅一起包裹着他，擁着他一起看電視。此情此景，如今不再，只徒追憶。

這時發生了一連串事件，最苦惱的是小弟，因他今年要會考。一向小弟也樂於幫手照顧哥哥，但這次考試畢竟對他有很大的影響，他苦惱不堪，不肯接受哥哥的現況。

他常說：「上次哥哥跌斷了大腿骨，也可以好起來，今次一定會沒事的。」

我惟有帶他去見鍾姑娘，經鍾姑娘的輔導後，他終於接受哥哥將不久人世的事實。他痛哭了，他接受不了將失去哥哥的痛楚，這個打擊對他來說可真是不易承受，他一向很敬愛哥哥，視他為偶像。

我對小弟說：「從現在起不要對着哥哥哭，我們要令哥哥無牽掛的離開我們，不要讓哥哥感受到生離死別的痛苦。」

小弟問我會考如何去應付，我告訴他：「哥哥只有一個，他的時間亦無多，他不能等你會考完才病重，你有的是時間與健康，會考失敗了，明年再來過吧！我不希望哥哥離開我們之後，你一生在內疚裏生活，你願意選擇哪一件事情呢？」他決定這段期間與我一起照顧子鶩。

事實上，這段日子小弟對子鶩付上很大的幫助，沒有他那高大的個子，我獨力難扶得起子鶩，有小弟細心的關懷，無比的愛心，子鶩再也應該沒有遺憾的了。

每天晚上我低聲呼喚：「我的主啊，漫漫長夜，更有那遙遠的路，全賴祢指引着子鶩的前路，祢的聖寵光照共伴隨，望子鶩能夠在祢處憩留，使我們能在憂傷中得拯救。

「上主，我知道我將失去最寶貴的，但這一切奉行主的旨意。上主，祢垂憐祢的子民，凡投奔祢的人，是有福的。我奔向主台前，主必安慰我心，我本一無所有，竟成一無所缺，不棄我貧。主！祢待我如貴賓。」

獨自面對一切災與難，雖不能奈何命運，我卻不感孤單，因基督與我共往還，《聖經》上有說「你們凡勞苦而負重擔的都到我這裏來，我要使你們安息。」（瑪竇福音 11：28）（馬太福音 11：28）

祢是我們的救主，祢是永遠的光輝。

若與主同捨命，將與主同享永生。

始終你走了

子鶱度過他農曆與新曆生辰，兩次都是一大班教會的朋友、同學、老師一齊與他分享。他們都知道子鶱剩下的時日有限，因此每星期都爭取時間來探他，使子鶱感到人世間的溫情與友愛。他雖病重，但仍活在愛的關懷裏，這些都是天主恩賜他的。因子鶱堅信他失去寶貴的生命，天主必定給回他失去寶貴的一切。

子鶱已逐漸不能再說話了。很奇怪，他不可以說話，但他的思想卻比身體更靈活，他內心很清晰，比任何人的思維更清醒。他可以用點頭、搖頭、眼神來表達。我們從這時起，彼此已能交流到內心的感受，明瞭他所表達的意思。

三月尾的天氣不穩定，忽冷忽熱，像子鶱的病情一樣。這天他最要好的同學——健仔與聰仔，還有鄧 Sir 來探他，他們把憂慮抑壓在心裏，還開懷地說起童年往事，逗得子鶱突然哈哈笑了兩聲。鄧 Sir 還約定過兩天用車來接子鶱去商場逛逛，呼吸外面的空氣，因子鶱已有三個月困在家裏，除了回醫院覆診，沒有到外間走過。

過了兩天，鄧 Sir 駕了車子來接子鶱出外，我把一切弄妥後，推着輪椅一起與鄧 Sir 扶他上車，我們費盡氣力才能將子鶱弄上車裏，由於天氣陰暗，我們沒有看海景，只帶子鶱去了「歡樂天地」，鄧 Sir 捉着子鷟的手一起玩。幾個月來子鷟第一次再呼吸外間的空氣，從他的臉，我感覺到他真的很開心，很滿足。

當然啦，他的老師們是這麼的疼愛他，從中六、中七，一次次病倒，校長仍給他機會保留學位，重回校園繼續他的學業，Miss 包多次探訪及鼓勵他，梁 Sir 用車子接送他到醫院覆診，Miss Sin 縱然移民去了新加坡多年，去年回港也送花粉給子鷟補充體力，今次她知悉子鷟的情況，寄來了一盒聖詩，遙遙的祝福子鷟，陳神父多次為子鷟送聖體、祈禱。還有城市大學的老師、同學們，雖然子鷟入大學時間不長，他們也送上一份關懷與支持。羅乃新小姐多次的探訪，送上一部微型電視機，也讓子鷟享受到給別人關懷的可貴，這一切一切都是天主在子鷟身上所作的恩賜最好的見證，天主一直眷顧他，給他一生中最好的報酬。

這時子鷟的手肘和腳膝蓋關節也會自動內出血，我已多年沒給他注射凝血素，今回再次要親自替他注射，但他身體機能已衰退，那些靜脈血管完全看不到，注射十分困難。注射不到凝血素，會導致他更快去到生命的盡頭，況且他身體已逐漸沉重，已力不能支地癱靠在輪椅上，頸已無力撐起頭部，常常軟軟地向前傾或向左右歪着，全身都顯示着他正處於種種精神和肉體的折磨中。

一切鬥志一剎那都消耗淨盡，我每天都在他身邊說話，家裏由朝到晚開着電視，假如他睡着我用耳筒讓他聽收音機，把他喚醒過來。雖然我知道我的付出也是徒然，但我實在捨不得他，儘量希望大家可以相伴多一些時日，如果子騫撒手走了，我就沒法再挽留，一想到這裏，我再不感到任何辛苦，只要子騫多留一刻，一切的付出也是值得的了。

踏入四月，天氣還很寒冷，反常得出奇。四月四日正是子騫的農曆生辰，日間還開開心心與他的朋友們歡度，但到了晚上，他發高燒，情況不好，幸得唐建生先生、俞錦坤先生及 Tony 的幫忙，送子騫進醫院。

到達病房時，子騫已昏迷，我摟着他，在他耳邊哭訴着：「子騫，雖然我知道你可能捱不到一年半載，但這段日子對我倆來說實在太短促了，你不能就這樣走了，你再給媽咪三個月時間留下來好嗎？」他在昏迷中輕輕點頭，他聽到我的呼喚。

第二天他醒過來了，醫生告訴我，他感染了細菌，未必可度過危險時期，一切盡力而為，但他醒來後精神不差，比在家裏還多吃了東西，但由於要注射強力抗生素，導致整個人已全面癱瘓了，輪椅也不能坐。

我每天早上到醫院替子騫抹身、換衣服、換被單，清理他一切，餵他吃東西，一直到晚上才離開。

因家離醫院遠，下午不方便回家，惟有在附近散散步，好讓自己放鬆一會兒，買些子鶱喜愛吃的東西。

小弟也忙着與我照顧子鶱，其實真的影響了他的會考，但此刻子鶱在我們心中太重要了，其他事以後可以再來過，只有子鶱沒有時間為我們留下來。

一天天的過去，子鶱的病還沒給控制下來，身上插滿葡萄糖水架，輸入抗生素啦，注射凝血素啦，每天不斷替他在手肘關節大量敷冰，因那部位不斷出血及腫脹，手也不能伸直，痛到他右手捉着左手不許別人移動他，換衣服時十分困難。

這些痛楚的折磨難以形容，使我回憶起十年前，他跌斷大腿骨那段日子的淒酸，我再也哭不出來了，亦沒有時間讓我傷心。我向着上蒼低聲禱告着，我目睹自己最心愛的兒子，逐漸步向死亡的幽谷，而自己卻束手無策，還有什麼比這事更殘酷呢？祈求上主，可以的話把子鶱的苦杯拿走吧！讓子鶱可以在主的懷裏安息吧！

這天早上，我早來到醫院，看見昌仔在餵子鶱吃粥，我才知道他與輝仔也是默默的在上學前或放學後來幫手餵子鶱吃東西。他與輝仔不敢在子鶱面前痛哭，儘量說些開心的事情，背地裏才流下傷心的眼淚，這些良朋益友都是支持子鶱的動力。

還有一次，我有兩位要好的同事來探子鶱，她們是愛蓮與凱琳，她倆在子鶩面前搞笑逗他開心。

二人自認是全公司最漂亮的女孩子，我對子鶩說：「她們二人哪個靚些呢？左面那個美麗的，你就眨左眼，右面那個美麗的就眨右眼，不美麗的就不用眨眼了。」

子鶩聽了，左右二眼不停的眨，逗得我們全都笑了。跟着愛蓮與凱琳唱歌給子鶩聽，全是他愛聽的歌，《海闊天空》、《總有你鼓勵》、《壯志驕陽》等。唱呀唱的，子鶩眼角兩邊不斷流下眼淚，愛蓮與凱琳看見，再也唱不下去了，她們忍不住也熱淚盈眶。無論怎樣，過往這些生活點滴，苦與樂，喜與悲，我們也一一與子鶩分享過，分擔過，足夠我這一生去懷緬。

子鶩在醫院住了近一個月，細菌才給抗生素控制下來，但他渴望回家，與我們一起度過這僅有的時光。我們在醫護人員的協助下，接了子鶩回家。

每天早上有社康護士來觀察子鶩的情況，我與小弟儘量把子鶩照顧得舒舒服服的，他只可吃流質的東西，但那滿足、安詳與無所求的神態，卻盡顯現在他臉上。陳姑娘借了張水牀給子鶩，令他不致生褥瘡，我勤於清潔他，一天抹二、三次身。隔二、三天我與小弟一起在牀前給他清洗頭髮，有時幫他轉身，儘量令他減輕辛苦，我與小弟能為子鶩所做的都做了。

但我畢竟能力有限，像注射凝血素，由於他所有血管都收縮了，實在看不見血管，我哭着對子鷟説：「媽咪沒有用，注射了十多次，也找不到血管，令你受盡痛苦。」

子鷟搖頭看着我，我説：「算了吧！子鷟，我不再找血管了，免你再受痛苦。」

他再次搖頭，我問他道：「怎樣，你想再次注射？」

他點點頭，我哭得更傷心，到這時刻他仍不放棄自己生命，他知道他假若注射不到凝血素，那就是他的大限了。

主在你身上引證了一切

五月十四日半夜，子鷲全身像火似的高溫，滿面通紅，燙得令我不能觸摸他。然而他竟仍表現很安詳，他望着我，我不斷替他敷冰，用火酒替他抹身，冰塊也不夠用，只能把毛巾弄濕了放在冰箱中替換着。

這夜我與他都沒入睡，而他竟然在這高熱中沒有抽筋與昏迷，反而很清醒的睜着眼。更令我詫異的是他的平靜與安詳，彷彿高溫下的不是他。這刻令我更深信天主在他身上顯了奇蹟，我沒法解釋這現象。

近天亮時，他溫度稍降了些，終於睡着了，我累不堪言，也睡了一會。醒來時已是早上八時多些，我第一時間去看子鷲。

他早已醒了，眼瞪瞪的看着我，向我咧着嘴笑，笑得很開心，說了聲：「媽咪，早晨」。

他其實是費很大力量才說出這句話，我開心極了，多月來第一次聽到他呼喚我，我摟着他說：「你可以說話了，我多開心，你再叫聲我。」但他卻沒法再說第二聲了。

那天早上，他反常地吃下很多東西，下午陳姑娘來探他，他突然對陳姑娘說了聲：「吉他。」

我們與陳姑娘捧着吉他，向着子鷲，他竟然遞起左手幾隻手指，彈了幾個音譜給陳姑娘聽，因為過往陳姑娘與他一起常參加病友中的聚會，子鷲愛彈吉他給病友們欣賞，這天他像向陳姑娘道別了，送上最後的音符。

陳姑娘離去後，Miss 包來探子鷲，她帶了一個蛋糕來，子鷲在 Miss 包的慰問下吃了一件，這一切一切都是子鷲為疼愛他的人盡力去做的。

到了晚上，我餵子鷲吃粥，但他嘴巴肌肉收緊了，不能再張開，連水也飲不下，我用針筒把水從他嘴角慢慢注射下去，整夜只能餵半杯水，我在他牀邊守着，他睡得很甜。我也知情況不妙，但今次我再不急於送他回醫院，因為我知道再也不能挽留他的生命。這一剎間我們只是珍惜剩下來相聚的時間，他已為我多留了一個半月，這是他用極大痛苦去換取回來的，我再也不忍心要他留下了。我痛苦的在牀邊看着他，不敢大聲哭，只有淚流滿面。

子鷲睡得很熟（其實已是半昏迷），第二天早上社康的黃姑娘來了，量量子鷲的血壓低至五十，黃姑娘說要盡快送他到醫院。這時子鷲醒來，我們與他說話，他心中很清醒，我與黃姑娘替他換好了衣服，告訴他要到醫院，他點頭應着。

黃姑娘對他說：「子鷲，不要睡着，到了醫院才睡啊！知道嗎？你可以做到的，你一定可以做到的。」他點頭。

一切弄妥後，黃姑娘與子鷲告別說：「子鷲，我走啦！你保重啊！」

我送黃姑娘到門口，接着打電話喚救護車，心中也很擔憂能否安然到達醫院，但一切都在主的安排中。所有的人與事都是來輔助我們似的，救護車人員把子鷲送上病房，當子鷲臥在病牀後，他吃力地睜開眼睛望着我，舉起右手向我揮手再見。

我哭着說：「不要說拜拜，我不要與你拜拜。」

他昏迷過去了，我哭着要小弟找醫生來，醫生看過子鷲後，說子鷲失血過多要輸血，跟着吊葡萄糖水，但他已昏迷不醒了。

這天是五月十六日，整夜我與妹妹留在醫院裏，伴着子鷲，但他沒有醒過來。

第二天早上我外出吃早餐回來，見到子鷲眼角不斷流着淚水，但他仍然昏迷，我說：「子鷲，你哭了，這段日子你癱瘓在家後沒哭過，我明白你為什麼哭，畢竟我們將要永別了，你捨不得我們。現在我也不這樣自私要你為我再留下來受痛苦，你走吧！我們此生緣分已盡了。有來生的話，我們再在一起。」

整天我與妹妹不斷在他耳邊說話，子鷲爸爸與小弟也跟他說了很多話，情況一直沒改變，但他仍然不放棄，不捨得家人，我們不斷唸經、祈禱。

直至星期六，陳神父接到我的電話來探子鷲，他在牀邊提醒子鷲，當天晚上是耶穌升天的日子，要好好把握時間與耶穌一起上天堂。

陳神父離去後，子鶱爸爸與小弟疲乏不支要回家睡覺。我仍然與妹妹、Tony在醫院內伴着子鶱。我發現子鶱開始腳部向上身發黃，一種金黃的色澤慢慢向上擴散，身軀漸變得肥大，不像他原來的身軀，面容飽滿，身形骨幹大了一個碼似的。我與妹妹看見也感到不可思議。他一直沒醒過來，七時了，李醫生與鍾姑娘上來看子鶱，我感到他們今回可能是最後與子鶱道別了。

到了晚上，子鶱爸爸與小弟再來醫院，我們圍在他牀邊守着，那心電圖機不大穩定的跳動，我們不敢離開半步。我們要說的話都一一說盡；子鶱爸爸承諾以後好好照顧小弟與我；小弟說要以他為榜樣，好好用心讀書，孝順父母，要哥哥放心；妹妹們也在他耳邊要他安心，不用再掛慮我們。到了九時多那心電圖快速不斷下降，我們一起唸經。

我在他耳畔不斷向他說：「子鶱，走吧！不要回頭望，向着前面去吧！不要再留戀這塵世上的一切，這不值得你留戀的，你將來一切也美好的，不再有病痛，只有歡樂。去到天主的跟前，不要掛慮我們，我們會自己照顧自己的了。子鶱乖，快走啊！不要回頭望，向前走。」

突然鐘聲響了，子鶱真的離開我們了，護士來了蓋白布，我們忍着悲痛離開病牀，其他人走出病房外長廊痛哭，我與子鶩的爸爸站在門外看着子鶩的牀不捨離去，低聲痛哭。不一會兒，我與丈夫聽見子鶩牀裏似有一陣旋風在吹動，連屏風也給吹漲起來，我倆看到牀變得很光亮，被一道白光罩着。

我不期然地說：「看啊！子鶩真的跟耶穌升了天堂。」

子鶩爸爸也親身看見這景象，相信天主在子鶩身上引證了一切。（當年的五月十八日是耶穌復活後升天的日子。）

子鶩就在親人、朋友們的陪伴下安詳地離去了。他的一生是這般的不平凡，透過他我們更深信天主的存在，我深深參透信仰不是用來逃避人生，乃是用來承載生命，使我們可以在耶穌基督內找到承擔苦難的勇氣，通過信心最高的考驗，背負自己的十字架跟隨天主。耶穌基督的苦難，祂都一一獨嘗了，現在祂知道我們世上有苦難，要求我們與天主一起走過，好能與主一起經歷苦難的道路。除了這樣，我們便無法與祂同行，苦難不是要把我們趕逐離開天主，而是要我們更接近天主，令我更深切了解到死亡不是終結，它只是一道門，推門進去，我們就進入復活的榮耀生命，正如人生也不會只有快樂，故苦與樂，得與失，貧或富，皆要處之泰然。

試煉是生命成長的必經路。沒有試煉，生命的雜質就不能除去，沒有經歷過痛苦，生命潛在的高貴品質也不能顯露出來，我們對生命不應抱有棄苦求樂的態度，而是不畏苦而安於苦，不懼苦而享於樂，以投入積極而又不逃避的態度去面對生命才是。

「心安理得，則可以當天之苦而無怨，悲願宏深，則可以堪受世俗之洪福而不溺。」

逃避苦難，苦難會一生的追逐你；面對苦難，苦難就只是一個有限的過客，之後你會看見一個更廣大而寬闊的大門在你面前敞開了。

子鶩走了以後，每天晚上，我在牀前的窗看到天空出現了一顆很大而明亮的星星，伴着我到破曉時分，我深信是子鶩在上面看顧着世上的我們，好讓我們更積極的把握生命，活得更有意義。

浪滔滔未淘盡我的腳步，
雲捲捲捲進風波永沒完……
霧飄飄淚還是雨偷抹掉，
愁點點嘴已張開卻沒言……

是否不甘心的奮鬥總必有豐收，是否必要運氣才可找到轉機……幾多次努力過才活出自我，……夢匆匆，一轉眼已阻隔萬里。(《地久天長》)

悼念子鶖——生命的勇士

子鶱，二十三歲，患有先天性血友病，因輸入受污染的血製品，成為愛滋病者。他於一九九六年五月十八日病逝，享年二十三歲。遺作《海闊天空》，是子鶱和一羣病友的生命故事，展示了他們的奮鬥歷程，也呈現了人世間的真情誼。

我們邀請了子鶱的母親和幾位朋友，寫下他們與子鶱交往的點滴印象，以表示對這位生命勇士的懷念。

真實美麗的生命痕迹

徐惠儀

子鷟走了，他留下的不單是一本動人的作品——《海闊天空》，而是真實美麗的生命痕迹，讓曾經認識和接觸他的人，再次肯定生命是從不放棄——身患絕症，經常進出醫院的他，從沒有放棄學習與工作的機會；在沒有考進大學的日子，他嘗試過學髮型設計、當雜誌記者、寫作；病發初期，他仍在大學念書。

子鷟也讓我們學習了愛與恕，他雖然是無辜的愛滋病患者，卻沒有對愛滋病者懷有敵意，反倒將自己的痛苦經驗轉化成愛的施與，他曾經參加國際性的愛滋病研討會，也反對歧視愛滋病患者，甚至將自己的藥物寄往非洲給一些窮苦的病友。

子鷟的生命也是信仰與使命的見證，信仰對他來說並不是一些教條，而是生命的實體。他站在人前就是一個活的神蹟，好像是上帝差來的使者，雖然在世只有短短廿三年的日子，卻是上帝恩典的見證。

尋見海闊天空的子鶩

潘綺文

和子鶩只有數面之緣。初見他，即驚攝於他的神采，那並非從健康的膚色、結實的軀幹中透發，乃迴盪於眼神、談吐和舉止間，靈黠而有力，溫淳而堅毅。

這位廿多歲的小夥子，走的路不長，卻是迂迴曲折、崎嶇滿途，足可以把所有生存的鬥志磨垮。他卻是一臉的從容沉着，似乎對生命滿是把握。人到了此等絕境，怎還能這樣！

「這一切並不來自我這個廿來歲小夥子的力量，而是身邊的一切人和事，為我燃點起這份力量的火炬；而這一切的人和事，又是藉着造物主的一雙妙手，為我成就的！」

從《海闊天空》的序言，我得到了明確的答案。子鶩其實沒有什麼過人之處，卻實在又有他過人之處。他不過是一個平凡人，有喜怒哀樂的起伏，有驚疑憂懼的掙扎，他只是選擇了一條獨特的路——一心跟隨上主的帶領，不容誰（包括自己）來干涉。因着這條捨己的路，他讓生命成就了本身的不平凡；也讓生命自身述說出那不平凡的根源。

子鶩的一生提醒了我，人生的桎梏困不住堅持拍翼的翅膀，只要順風而往，必然尋見海闊天空。

他比我強得多，叻得多

杜國威

子鶱喜歡寫作，他說將來要「叻」過杜國威，於是，他們便安排我和子鶱見面、談話，以達成他的心願。

兩人面對面，緊張的是我。我實在不知如何開解一個隨時蒙主寵召，長期在苦痛中成長的少年。但很快，我們已懂得怎樣溝通了。我發覺他跟我一樣，感性、熱誠、易笑、好幻想。

然後我發覺，子鶱令我印象難忘。這並不因為他是個無辜的愛滋病者，也並不因為他視我為偶像。跟着，我間中會打電話給他，往醫院探他，只在他病發最末期那段時間避開與他見面，因為我害怕看見他偶爾失控失神的樣子，也怕他看見我流淚。我只看見他笑，從未見過他哭。

我和子鶱見過面後，看了他的作品《海闊天空》。子鶱澎湃的感情，洞悉人生的筆觸，全在這本著作中表達出來。藉此，我更認識他的幽默，他的堅毅，他的愛和怨……遺憾的是，我還沒有機會告訴他，讓他知道他比我強得多，「叻」得多。

子鶩，你是我會永遠懷念的一個朋友。

念愛兒，子鶩

李慧珍

小兒子鶩已於五月十八日病逝於伊利沙伯醫院，結束了短短的一生。雖然他的生命是這麼的短促，卻給我留下了很多很多寶貴的人間友情。這些情誼，分別來自他的同學、老師、教友、醫護人員及朋友。愛兒生前常說：天主雖然看不到，也觸摸不到，卻已透過他身邊所有的人，賜予他很多的恩典。他這番話，在他病重的一段時間，我確實深刻地感受到。

愛兒走過廿三年日子，實在太艱辛、太崎嶇了，但這一切，並沒有動搖他對天主的信念，直至彌留階段，他仍然堅持不放棄，只為了引導我們一家重回天主的懷抱，拾回對天主的信念。他已經藉自己的生命向我們明明地引證了天主的存在與真實。

子鶩，我的愛兒，你雖離我遠去，但我真的有很多未說的話要向你說。我實在很想你知道，我是多麼的疼愛你，若時光可以倒流，我一定要為你做得更多、更好，我們相處的時光實在太短促了！在你病重的那段日子，我雖然心力交瘁，但因深信你已上了天國，我的心靈很快便回復平靜。你離去的時候，也一道把我身上一切的痛楚帶走了，你是多麼的體恤親心啊！今天，回想你生前的種種，我才知道你曾帶領我們一次又一次地避過憂慮、煩惱和災難。我深信這都是你靠着天主在我們身上作的。因這一切，你爸爸已徹頭徹尾的改變了，你的弟弟也加速成長起來，變得成熟、世故，你媽咪我亦已對離棄了十多年的天主重拾信心，不再懷疑，不再悲傷、憂慮。無論你離我們多遠，你也會活在我們的心中。在此，我要向你送上一串心聲，訴說我對你的思念：

生活的艱辛、身體的痛楚，磨不掉你的意志和信念，因上主總是站在你的身旁守護你。

你雖曾不能說話，那就別說罷，你那份堅強的信心，上主是會知道的。

生老病死雖曾偷去你的心情；孤單、痛苦也曾令你傷悲，但透過祈禱，天主已經派天使來保守了你。

在你千鈞一髮之際，病體奄奄喘息之時，祂更賜你勇氣與信心，渡過生命的海。

上主奇妙的作為，已一一顯現在你的身上，我深信永生之門已為你開啟。

對愛兒寄與思念之餘，我也很想藉此機會向關心、愛護我們，在我們背後默默地給與支持的朋友們致謝。他們包括醫務衞生署的李瑞山醫生、所有衞生署的姑娘、伊利沙伯醫院特別內科部的李頌基醫生、鍾慧兒姑娘、鄧金玉姑娘，愛滋病基金會所有的工作人員、特別是俞錦坤先生、伊利莎白醫院A座10樓所有的醫務人員、羅乃新小姐、傅月美小姐、杜國威先生、洪朝豐先生、陳德鴻神父，還有聖伯多祿全體教師們、城大的老師，愛兒所有的同學和教會的教友們。他們都是愛兒的良師益友，在愛兒患病期間，他們所付上的愛心、關懷、鼓勵與支持，從不間斷。

沒有他們所付出的一切，愛兒便不能有這般堅強的生命力和求生意志。他們的確是黑暗中的明燈，苦難時的扶手。他們給我們一家人的珍貴友情，實在難能可貴，我們必定銘記於心。除了以上所提及的朋友外，我還要多謝突破出版社的徐惠儀小姐和潘綺文小姐，因她們的幫助，愛兒終可達成心願，出版《海闊天空》一書。我衷心期望愛兒這部遺作，能給與在學的青少年、工作上的朋友、病苦中的病友們激勵與支持，好讓他們在挫折、風浪、困難中的滿懷鬥志，無懼任何的挑戰。

我深信這也是愛兒子鶱最大的期望。

（本文原載於《突破雜誌》第261期）

子鶱值得我們喝采

謝慶昌　胡家輝　盧志恆

與子鶱同窗七載，剛好是整個中學階段。回想起那段日子，確實有很多難忘的故事，每每令我在夜闌人靜之時仍不禁會心微笑的，便是那些與他一起幹過的「好事」——很多男同學都可能會幹的頑皮事蹟！

子鶱在一眾同學中，一向都予人活潑，風趣以及我們所沒有的世故。現在回想起來，才明白這是由於他從小到大所經歷的都比我們多，而當中更大部分都是疾痛。然而，堅強的子鶱從來也沒有在我們面前表露過任何痛苦，埋怨。相反地，他更與我們一羣男生度過了快樂的中學時代，而自己卻默默地獨個兒面對病魔的煎熬。

我們有時會想，如果把自己和子鶱調換，我們能否像他那樣堅強和積極去面對人生，又能否像他一樣把自己以往的心路歷程盡載於《海闊天空》之中呢？這實在太困難了。

子鶱的故事絕對是值得我們喝采的，而他的精神更值得我們學習。當我們整天還在自怨自歎之時，又能否想起子鶱對生命的熱誠？

子鶱，曾經與你一起共度的歲月，在我們這羣朋友中是永不會被忘懷的！

他的力量源自上帝

鄧金玉

我是在香港愛滋病基金會裏認識子鶱的，當時我是以義工的身分去接觸他。子鶱給我的第一個印象是可愛、堅強、鬥志頑強和充滿生命力，一點也不像身患愛滋病多年的病人。我在病房常看見的病人，一般都是自暴自棄，自我封鎖，不肯去接觸外界，也不讓別人進入他們的世界。子鶱卻不是這樣，他勇於面對外間的冷眼和批評，挑戰病魔的煎熬和自我的弱點。我開始對他產生好奇：年紀小小的他為何有着這麼大的意志？經過一段日子的相處後，我知道了他力量的最大根源是來自上帝。他與我都深信：「靠着那加給我力量的，凡事都能作。」

看畢他的著作《海闊天空》後，我進一步了解和明白他想法和感受，也知道了他童年的經歷和家庭對他成長的影響是何其重要和深遠！

九六年初，他的病情起了變化，經常進出醫院，我便以護士的身分去照顧他。可能我倆是朋友的原故，在照顧他時，感受很是特別和深刻，過程亦使我十分難忘！這時我開始接觸他的家人，尤其是他母親和弟弟，他們給子鶩的關懷與疼愛真使我驚訝。他能堅強地站立到最後一刻，也是因着他們的愛。母愛真是無私和無條件付出的。子鶩在母親悉心的照顧和支持下，安然地走畢這一生。我想如果每一個病患者都能得到家人的支持、照顧以及別人的體諒、關懷，是何等美好呢！

雖然子鶩身體嘗盡無數的痛苦，心靈經歷無盡的幽暗，但他仍然堅信他的上帝，深信祂必與他同在，必賜他平安。我還記得在病牀邊問他：「你懼怕死亡嗎？」他竟回答：「為何要怕？有什麼可驚？主必與我同在！表面看來，我是不幸和被咒詛，但誰知我在主裏最被祝福，我的心靈最是平安。」這堅定的信念使他好好地過每一天。他的生活體驗激勵了人羣，他的生命經歷更見證了永生的主宰。

子鶩已於九六年五月中逝世，我對失去這個朋友感到惋惜。但願每一個人都因子鶩的見證而能反思生命的意義，珍惜自己所擁有的，善用自己的才能去分擔別人的痛苦，帶給別人希望和祝福。盼望人人都能彼此接納，將愛心分享。

他永遠活在我們心中

鍾慧兒

（伊利沙伯特別內科護理主任）

子騫比喻自己是一隻飛不起的小鴨，但他想飛，飛往海闊天空。儘管他飛不起，他仍然努力不懈，發光發熱照耀着他身邊的人。可幸他有一位堅毅不屈不撓不棄的母親，她對子騫無微不至的照顧，為了讓子騫能在正常環境下長大而堅持到底。

每一位母親都希望自己的子女健康快樂地成長，但幸福並不是必然的。子騫媽媽眼看着自己心愛的兒子從小已受到血友病的折磨，繼而不幸染上愛滋病毒，及至病重離世，是何等的無助、淒苦！究竟世間上誰人應受此苦？記得有訪者問子騫有沒有想過：「為什麼是我？」子騫回答：「為什麼不是我？」我深受感動，這孩子受了那麼多苦楚仍不會自怨自艾，怨天尤人。他仍然不斷從行動中鼓勵和幫助身邊的人，我相信這高貴的情操該源自他偉大的母親。

很多人在稍遇挫折時，便自暴自棄，但當你看過子騫與他母親的故事後，理應汗顏。子騫雖然離開了，但他永遠活在他母親與愛護他的人的心中。

家訪的啟示

包桂芬

（聖伯多祿中學老師）

子鶱病重的時候，我有機會探訪他的家。

他母親放棄了工作，留在家中照顧兒子。在這期間，子鶱的朋友、同學、老師、教友等不斷造訪，他的母親都熱誠款待，詳細解釋子鶱的病況。因為她知道，子鶱渴望見到他們，因此她除了照顧病榻的他外，還勉力招待客人。

記得首次踏進子鶱家門前，曾提醒自己，流淚與哀傷對子鶱及他的家人均沒有幫助，故此腦海裏不停叫自己堅強點，進門後別哭，免招惹大家傷心。想不到，進門後見到他母親、弟弟的臉上只有喜悅，正在高高興興的忙碌着，送上茶點、安排切生日蛋糕，因為當天正是子鶱的農曆生日。原想是愁雲慘霧的氣氛，卻原來是堅毅不屈、曠達、珍惜的態度，多麼叫人感動！使我這位探病者多添一分內疚，幫不了忙，還增添子鶱家人的工作。

探病後，深切體會到子鶱有一位能幹、堅強的好母親，她對兒子無條件的付出，陪着子鶱走完人生最後的一程，不離不棄，令人擔憂她的健康，只有默默祝福她！

多年教學，感覺年輕人與家人的關係愈來愈疏離、冷漠，但我們的心靈極需要溫暖的親情，令我們在孤單、痛苦、失意時，得到無條件的安慰與支持。子鶩與親人，大家互相支持，相親相愛，憂戚相關，使我們更肯定親情、家庭的力量，使我們得到啟示！

子鷥給我的啟發

容心悅

（香港愛滋病基金會義工）

子鷥是一個令我尊敬的好朋友。我懷念他的笑容，更珍惜他的眼淚。

我與子鷥相知相遇，實是一份緣！念故人，令我感慨萬千，望世態，卻叫我怒憤難填。

與子鷥一起度過的日子中，我得到他的真誠與信任。他做事從無機心，無怨言，更無求任何回報，只求為社會做一點真正的事。

但令我最傷感的倒是除他的家人外，到底有誰仍繼續替代子鷥實行他的理想呢？我不敢奢言什麼，只求盡我的一點力，惟望他日再得相遇時問心無愧！

壯士英魂斷，念君暗心酸，世人爭名利，回望更淒怨！

最後，還是要多謝子鷥和他的家人，容許我與子鷥度過他的末段旅程！

這一位愛滋戰士

洪朝豐

愛滋病其實不是一種難於明白的絕症，只是人心難測，才弄到愛滋病的教育工作，好像舉步維艱。

我説人心難測，是因為在這個號稱自由開放的香港社會，仍然有着很多喜歡歧視別人的人。人人生而平等，我們為什麼總喜歡歧視比我們不幸的人？究竟幾時，我們才學會尊重那些與我們不同的人？

一位醫護人員告訴我，有些血友病人特別不喜歡子鶱，甚至排斥他，因為子鶱接受過傳媒訪問，讓社會大眾注意起那些因為輸血而感染愛滋病毒的血友病人。原來，部分血友病兼愛滋病人長時期孤軍作戰，瞞住世界上最親的人，將染病的秘密埋於心中，為的是想避過別人歧視的眼光，他們經已背負着一身苦痛與不忿，有時難免將矛頭衝向像子鶱這類有心人。

唉，聽了這番話，我心內只有戚戚然。人生苦短，就連子鶱這位年輕戰士，在五月中也離開我們了，享年只有二十三歲。兩年前，我的好朋友羅乃新在電台訪問他，問他會否覺得好像上天有意捉弄，天生有血友病，又因為血友病要輸入凝血素而染上愛滋病毒，為何蒼天偏偏選中我？只聽見他淡然的說「為何不可能是我？」短短一語，日月星辰也無光，才二十一歲，這麼美麗厚重，何止是氣吞萬里如虎？我常想，歧視是一種罪。是的，是一種可恥的罪。

頑皮子鶩

洪朝豐

子鶩在五月中逝世，夭折的孩子，才廿三歲。這位愛滋戰士，因為血友病輸入血製成品感染到愛滋病毒，命途苦澀，透過他所寫的《海闊天空》，卻滋潤許多乾涸的心靈，將信望愛帶到世間，榮耀他所敬拜的主，如今，他亦飛天而去，活在快樂幸福之中。

子鶩是蠻頑皮的，有次，他母親去到他墳前哭着說：「兒啊，為何你去後從未入我夢？你知我一直掛念你嗎？」晚上，子鶩果然入夢，對母親說：「唏，娘呀，我在天國和你通電話呀！」母親說：「我手上沒電話。」子鶩笑着說：「我們這裏通電話是不用電話的！我一切都好，不用掛心，我知你們心中有我，我也如是，直到永永遠遠。」自此，母親每每寫作到夜半，窗前的九重天，總有一顆明亮星星伴着，母親知道，那就是子鶩。平常，子鶩星逢到夜半四時許，便會慢慢隱沒於南丫島上空，偏偏有晚他賴着不走，五時多了，母親還在燈下苦苦寫書，母親要將自己與愛兒相處的插曲寫在紙上，承繼愛兒遺願，發一分熱，放一分光，將愛與希望薪火相傳。母親猛抬頭，見子鶩星仍在，遂對星說：「兒啊，時辰不早了，母親因為寫作耽誤了你歸去的時間，天快要亮了，不要再獃，快快回去。」子鶩星霎時跨越軌迹，向更高更遠的天際以迅雷不及掩耳之勢飛升，最後隱沒於黎明之中。

　　唉！生死有命，富貴由天，天下之至富，富不過心中有愛，心中有愛，才是天大之至富，我想，頑皮的子鶩，畢竟是幸福的。

跋

小兒子鶩因輸入受污染的血製品而感染了愛滋病毒。由感染到病逝，期間所受的困擾與痛苦，實不足為外人道，如他生前常說，萬事皆天意，半點不由人。

活在痛苦的深淵裏的病者，更加需要別人的支持與鼓勵，醫護人員不斷承擔着責任與付出愛心，一羣病人倒下，離去，他們又去面對被死神召喚的另一羣，他們沒有心灰，仍繼續堅持服務病患者，他們真正是天使的化身。子鶩患病期間得到他們的關懷與愛心，實在勝過藥物的治療，醫護人員服護精神是值得稱頌的。

愛滋病者一直在社會上得不到普遍人的接受，一個個靜悄悄地帶着遺憾離去，盼望子鶩能喚醒一般人對愛滋病多些認識，深入了解，給與愛滋病人多些愛心與關懷。這份責任不只是醫護人員或醫院承擔的，社會人士也應加以援手，不要歧視病人。病患者的親人更要在病者身邊支持與鼓勵，照顧病者度過這艱辛的日子，有什麼比愛心更能發揮無比的力量去醫治病者呢？

愛滋病並不比洪水猛獸可怕，可怕的是人們的冷漠。當然一般人也要多些認識護理愛滋病人的常識，聽從醫護人員的教導，這些教育是需要推廣的，因為愛滋病不是別人的事，而且是社會上每個人的責任，任何人身邊的朋友，親人也有機會不幸的感染，我們不應以「事不關己，己不勞心」的態度去面對。

我誠意提議看完這本《地久天長》的讀者們，多認識愛滋病，關懷不幸感染病患的病人，他們實在需要社會人士們的認同與支持，正如子鶩生前寫下的一首「愛之頌」:

愛是博大的，愛是仁慈的；

愛：凡事包容，凡事接納，凡事愛護，凡事聆聽，凡事關懷，凡事鼓勵，凡事支持。

愛：不歧視，不排斥，不無知，不剝奪不幸者的權利，最偉大的就是愛，愛每一個愛滋病人。

李慧珍

附錄：子鶩遺作

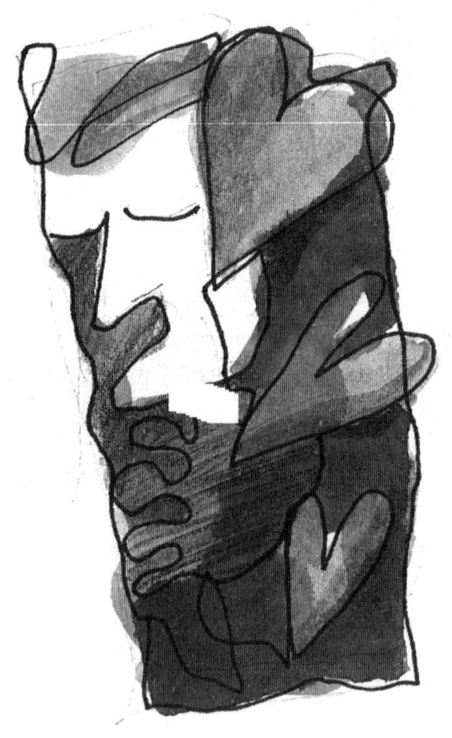

南非愛滋病研討會感言

「生命剩番幾多唔重要，點樣利用剩餘的時間才是最重要……」子鶩憶述與會一位澳洲代表的一番警世珍言，他認為病友應引以為鑑。

「會議一連四日在開普敦一所教堂內舉行，五百多名代表來自五大洲，遺憾的是仍有逾百人缺席，令大會平白損失逾百萬美元。」

子鶩這次代表香港順利成行，全賴大會的資助，每名出席代表全程需費一萬美元。他說：「會議程序除了專題講座和分組討論外，還增添了歌舞表演和燭光晚會等節目助興，使內容不致過於沉悶。」

「期間我曾因自己的英語能力而感到心灰意冷，因他們所操的英語實在太快，當中夾雜不少俚語，十分難聽，但我還是盡力去克服。」

無可否認，西方人對東方人總帶點歧視的眼光，子鶩終於親身體驗到。「在推選代表時，亞洲國家推舉了一位日本人，惟他卻不懂英語，需倚賴翻譯，可是卻遭另一名澳洲籍代表的反對，指他不適合擔任此職……令我們（亞洲人）感到十分氣憤，幸得該國的主席出面斡旋，她說了一句話，結果那人當眾道歉，事件才告一段落。」

「那句話是這樣的：『既然我們不互相歧視愛滋病人，那就不應有語言的歧視。』說罷立即獲得全場的掌聲。」

子鶱向記者稱，閉幕禮那天各國病友均打破種族界限，彼此一同參加了臨別的燭光晚會，各人情緒高漲和激動，大家都有點依依不捨。子鶱認為大會通過了愛滋病反歧視宣言，有助宣傳愛滋病教育，他們將發表的宣言致函各國政府。

他說，宣言內容包括呼籲各國司法及移民部門，盼望停止對愛滋病人採取任何特別措施及限制其自由活動。

大會還抨擊全球研製愛滋病的藥廠，指他們出產的藥物成效不大，但售價昂貴，很多地區病人根本無能力負擔，也有人質疑藥物的效能，因有很多例子，有人一直不服藥也不見得出現大礙。

他說，大會還指出某些政府及藥廠，應對錯誤輸入污血（愛滋病毒）而受感染的人道歉和賠償，同時也反對有國家將失效的藥物拋售給第三世界國家。

（本文原載於 1995 年 3 月 25 日《經濟日報》，現獲准予轉載。）

哥哥

自從上了中五後，很久也沒有再彈吉他了，不過現在會考也總算過去了……一切也會過去的。

捧着那支黑色的木吉他揩抹着，又想起了哥哥。

才不過兩年光景吧！親近的哥哥卻已是這麼遙遠了，但我又時時刻刻感到彼此仍是那般的親近！一切恍如昨天！

哥哥是很疼我的，儘管大家相隔四載的年紀，但兄弟倆鬧着玩時，他往往比我更孩子氣，一邊在拍打我的屁股，一邊還嚷着：「打！打你！」旁人看了還道他神經病哩！

寒冷的日子，最愛從碌架牀翻下來，鑽進哥哥的被窩裏，互相抵擦着雙腳，聊着便不知不覺的睡到天明。後來，爸爸卻不許我再鑽進哥哥的牀上了。

那天，爸媽陪哥哥從醫院裏回來，哥哥悶聲不響的跳上牀，把頭埋在被子裏。媽媽卻跟了進來。

「怎麼樣？你以為只有你難過嗎！其實爸爸媽媽比你還要難受！你在賭什麼氣？」媽媽說到一半時，

聲音已嗚咽着。

「不！我只是累了點吧！沒什麼的。」哥哥仍沒有拉開被子。

「若風，不要這般自暴自棄，說不定將……」

還未待媽媽說完，哥哥已掀開被子，投進媽媽的懷裏：

「求求你，不要再說了！不要再說了！」

除了他們的飲泣聲外，便是一片死寂。

自此以後，哥哥有他的私人碗筷、杯子和梳洗用品，他也比以前沉默了。現在回想着，從前這般的隔絕他，是多麼的沒道理，但這樣做了，又好像安心一點。

對於哥哥的病況，我其實是明白的，但卻又渴望自己一點也不知悉。也許是出於一般人神經質的恐懼吧！又也許是出於內疚，內疚為何哥哥不能跟我一般健康正常，要不便沒有這個厄運了，而這片陰霾始終在我們的家庭中瀰漫着，驅之不去。

小時候，哥哥每一年都會為不能跟學校去旅行而哭哭鬧鬧，亦會為了不能騎腳踏車和踢足球而悶悶不樂。但隨歲月增長，哥哥又似乎沒有從前的耿耿於懷，一方面固然是因為思想上的成熟，另一方面更重要的，是他能找到另一種寄託去補償自己的缺陷。

正如這次，他的情緒低落也沒有維持太久，很快他又是如以往的參加辯論比賽、投稿校報、去教會、策劃學會的活動……和逗女孩子！

媽媽常常為了他這般虛耗精力，而感到十分不滿。在這方面我倒是很明白和同情哥哥，儘管他容易內出血而不能與任何體育活動，但年輕人那一腔的精力還是要有所發洩的，每次見他站在辯論台上雄辯滔滔的樣子，他的那份滿足感就跟我在運動場上馳騁時的感覺一模一樣。

哥哥就是在這樣的日子裏完成了會考，要不是受了那片陰霾的打擊，他的成績必定會更理想。在這方面自問不比哥哥優勝，同是為了一個會考，我就連練習吉他的時間也騰不出！

升上預科之後，哥哥就更活躍於學生會活動，而我和他亦漸漸再親近起來，似乎可怕的病毒蠶食不了他的心靈，也蠶食不了我們之間永不能磨滅的感情。

他每次跟同學去看戲或是燒烤，總少不了我的份兒。但後來我又發現哥哥的一個秘密：每當大夥兒活動的時候，他倆往往不知溜到了哪兒，那女孩好像叫程若雲，「若風若雲」，他的死黨不時在笑言他們在拍拖，拍拖！我想這是多麼不可思議！

也有探問過哥哥，但他總是笑騎騎的：「什麼！她這副德性會給我看上 ?! 哈哈！」

媽媽漸漸也留意每晚和哥哥通電話的女孩子，她有幾次想從我口中打探，但我沒有說，這可能是義氣吧！

除了這事，哥哥倒是什麼也跟我分享的，例如他學會了彈一首新歌，便會急不及待的拉我做第一個聽眾，要是他那個死黨得罪了他，他便要我為他報仇，同仇敵愾，他還告訴我他一個鮮為人知的秘密，他開始有脫髮的迹象！

考大學那年，哥哥的抵抗力漸漸衰退。

有天晚上我從夢中扎醒，只感到牀子在微微搖撼着，翻下去看，哥哥正打着顫抖。

「冷嗎？」

哥哥點點頭。我取下自己的被褥，一同鑽進哥哥的牀上，抱住了他。

「這樣子不太好吧！」

「不！沒關係的！」

真的有什麼關係呢！難道還有什麼比愛更重要嗎？

之後哥哥又斷斷續續病了幾回，後來也乾脆不再上學了。閒在家裏的日子，他除了埋首寫作，每天便是運動和吃東西，的確他的樣子比上學時健康和快樂得多。

他的死黨來過幾回探望他，還有那個程若雲，也來過一回。

「哥哥，是若雲姐姐！」「不要開門，」他匆匆進房戴上帽子，才一派悠然的去應門。

哥哥是很「姿整」的，平常總花上十來分鐘去梳頭，真難想像現在嚴重禿髮的難受！

程若雲來了一會便走了，也不知他們說了些什麼，只是她也沒有再來了。

經過一段時日的養息，哥哥的健康似乎又穩定了起來。日常除了看書，寫作和運動，他又替人家補習賺取「外快」。

一天晚飯的時候，哥哥提出了他的要求：「我想到中國旅行去。」

爸爸沒有說什麼，媽媽也沒有。

後來才知道，哥哥原來是跟教會的傳教隊伍北上，為當地的安老院當義工！

兩個月後他回來了，但健康卻急轉直下。

本來已漸趨穩定的病情，卻被他這樣糟蹋了！那到底是為了什麼？爸爸沒有問，媽媽也沒有問，我卻在心裏問，不到兩個星期，哥哥便住進了醫院。

每天放學，我也會到醫院看看哥哥，為他梳洗一下，與他聊聊天，給他彈奏吉他，也遺憾自己只能給他做得這麼少。爸媽為他尋訪了很多「名醫」，也嘗試請教一些氣功師傅，但似乎都沒多大幫助。

哥哥堅持不要讓他的死黨來看他，畢竟人們對這個病的誤解，為哥哥帶來沉重的壓力！不願旁人知道自己病況的心情不難明白。

他彌留之時，掙扎了好幾天，媽媽最後還是讓他們來看他，我不知道他們對哥哥的病情明白多少，但觀乎他們按捺着恐懼的哀痛和程若雲握住哥哥雙手所說的一句:「我們都在等你的！」這又似乎說明了一切。

「不雨花猶落，無風絮自飛」，這是哥哥教會我的一句禪語。人生如花似絮，即使不遇風雨也有凋謝之時。生命之可貴不在其長短，卻在於「如花」的話能否燦爛悅目，「似絮」又能否似它輕柔自在。能夠留一點時間來掌握這個花開絮揚的日子，去為社會獻一份關懷，猶勝在塵世中兜兜轉轉。

這個暑假我打算為醫院當義工！

(香港愛滋病基金會、教育署合辦愛滋病徵文比賽，中文組別公開組冠軍)

他們的心聲

能夠鼓起勇氣，寫這篇文章，我的家人，主診的醫生、護士、都給與我很大的支持。

我有一個筆名，叫子鶩，今年十七歲，是一個中學生。我出世時便已患上了遺傳的血友病，即血液中缺乏凝血因子，容易因創傷而流血不止；自小我便常因為撞瘀了手腳，而需要進醫院注射用血液製成的凝血素；我的健康狀況亦不容許我如其他孩子般活潑好動。當時儘管小小年紀，倒也時常會為自己的與別不同，而感到十分苦惱。

隨着年紀的漸長，我總算學會了怎樣去照顧自己，保護自己，免受太大的損傷。不幸的卻是，我因注射了帶 HIV 的血液製成品，而成為「愛滋病」的帶菌者。起初我也有好一段日子為此事而耿耿於懷，對自己生存的價值有所疑惑；畢竟我只是一個十六、七歲的小孩，自問自己並非同性戀，沒有濫交，亦不是注射毒品的癮君子，命運卻偏給了我這樣的安排。

加上傳媒誇張不實的渲染，令我感到一個帶菌者所得到的並不是同情，而是人們的鄙視、迴避。

其實我根本沒有資格怨天尤人，如果世事可以掌握在我們手中，試問誰又願意有這不幸的事呢？任何一個愛滋病患者或帶菌者，都是值得同情，應受到支持的。更何況比我更不幸的小孩還多得很。試想想，那些落後國家染上此絕症的小孩能像我一樣，得到適當的治療護理嗎？他們一出生便要面對死亡，他們比我更需要受到關注；當我知道世上有人連腳也沒有時，我還可以去埋怨自己的鞋子太舊，並非名貴的嗎？

我只是希望每一個患上此絕症的人，能夠得到我們所渴求的一點點。人們能夠支持精神病人、同情孤苦無依的孩子、關懷傷殘人士，為何偏偏大多數人都歧視、排擠愛滋病患者呢？不少私營機構甚至要求僱員驗明自己並非愛滋病帶菌者，才考慮僱用，藉以表現出那機構的形象。難道我們染上了此症，便連就業維生的機會都要受到剝奪嗎？也許這或多或少，是與人們對愛滋病存在誤解而造成的。

愛滋病是經由血液和性接觸，而把病毒傳播給對方。而病毒暴露在空氣之中，便會馬上死亡，所以它是不能輕易經由空氣，飲食和社交接觸而傳染。不少傳媒雜誌為了嘩眾取寵，而誇大其詞，比如說同處一室能由呼吸而受感染，甚至帶菌者用手碰過的任何物件都會留下病毒；其實即使共同進食，握手都沒有可能成為病毒的傳播媒介。惟獨遇到有損傷的情況，則要小心處理傷口，避免病毒透過血液，傳染他人。至少到目前為止，照顧我起居飲食的父母，共同生活的家人和我的朋友，並沒有因為我的緣故，而受到感染。

另一方面，染上愛滋病毒，並不等如喪失了辦事能力。帶菌者工作能力，仍能達到平常人的水準；好像我本人，根本上憑我學業的表現，沒有人會覺得我是一個百病纏身的人。而且帶菌者的病情可以受藥物控制，抑壓體內病毒及減低發病機會。例如現在我就是服 AZT，到目前身體仍能保持狀態，應付學業；雖然此藥物可能會導至貧血，或引來其它副作用，但只要注重均衡營養，充足睡眠和運動的健康生活，相信 AZT 仍是帶菌者可信賴的希望。

寫這篇文章，主要是希望引起大眾對愛滋病的關注，以一個當事人的立場去表白自己的感受；當然，我更盼望得到更多、更多的支持和鼓勵。的而且確，我對將來並不算是十分樂觀，亦很徬徨；但我卻永不言氣餒；只要今天仍能站起來，我絕對相信明天仍然會有希望。

生命是一支燃燒着的蠟燭，沒有人能掌握得到自己手上那支燭光會在哪一刻熄滅；但這重要嗎？重要的是，我們能用盡這支蠟燭的每分每吋，為生命帶來光，帶來熱。

晚情

也記不起是打從那一天開始，我才驚覺自己的與別不同，使我不能如其他小孩般健康正常地成長；但也正因如此，把我的成長道路都充實了。

小時候，總以為注射血清並不是什麼大不了的事情吧！難道不是人人都會不小心而碰傷撞瘀的嗎？他們不也如我一般地要打針的嗎？後來上了幼稚園，和我手拖手的小朋友問起我手上的針孔，我才明白原來他們不用打針的！他們還興致勃勃的問我有關病房的一切，直至好奇心完全滿足為止。

孩提時代的我，是充滿着苦惱的，每看見人家學腳踏車、打足球、爬山、露營……我總會嘟長小嘴，心中在嘀咕着，怎麼往往沒有我的份兒？有時候，會覺得自己就好似一隻空有着一雙翅膀的小鳥，但卻不會飛、不會翺翔！

我的童年沒有籃球陪伴，也沒有試過騎單車的滋味，伴着我成長的，是那鬧哄哄的病房。在那裏，有我熟悉的人和物，和一股親切的消毒藥水的氣味。血友病的孩子，並不是十分受醫生護士所歡迎的，那是因為我們容易碰傷出血，但又往往愛四出搗亂。畢竟，兒童是理應活潑好動的，偏偏我們的精力卻被病苦抑壓着。現在回想着，從前沒有患上自閉，或是什麼心理變態的疾病，已算是幸運了。

從前對死亡的概念是很模糊的，但又彷似和我十分接近，不知多少次在醫院裏，從其他孩子的口中知道了哪一個是內出血過多，哪一個是傷口發炎；我卻未親身經歷過那是怎麼一回事，直到我再見不到家勇……

家勇是我們當中最壯健的，也是和我最要好的。最後一次見他他還挺好的，我還向他埋怨自己不能跟學校去旅行的事，想不到一切是那麼的突然！他的離去，在醫院上下起了一點點哄動，而我也就在這種不明不白、糊裏糊塗的氣氛中接受了無奈的事實，可怕的 HIV 病毒入侵了我們當中。

人們對這個病的無知，使我感到內心的孤寂。為何大家總要用歧視、隔離的眼光去看血友病的病人，難道正常人就不會有帶着病毒的危險嗎？對我們採取隔離措施，那麼其他人呢？沒有血友病就不會成為帶菌者嗎？還是患上血友病的就一定是帶病毒的呢！為何要用這麼一個雙重標準去剝削我們的求學和就業機會呢？「天意憐芳草，人間重晚情」，為何一般人聽到這個病就要畏而遠之呢？患上這個病的，一定是自作孽，死有餘辜的嗎？還是沒有染上病毒的人才是無辜者，不要因為「可憐」我們而「無辜」染上這個病。不明白的疑問在我心中徘徊着，是不公平嗎？其實自出娘胎就是不公平的了，人人都健康成長，但比起在饑荒和戰火中掙扎的人，我們又是多麼的不知足。不能為此生埋怨太多，只希望終有一天旁人都能接納支持我們每一個人，就像關懷患了骨髓病的孩子一樣。

人們只會説「夕陽無限好，只是近黃昏」，但我卻深信落暮之後，明天還是再有破曉時。儘管我不奢望自己這具臭皮囊會留得太久，但卻深深盼望這個病有被徹底根治的一天。畢竟那不僅是我們這一代的事，即使我等不到這一個日出，心中還希望他人看見天明的。對於每一個有緣看到這篇文章的病友，誠心祝福大家：「但願人長久，千里共嬋娟」！

一個愛滋病人的夢想

我有一個夢想，我希望每個人都互助，並互愛。愛每一個人，無論他患了什麼病，也應得到支持；那不只是口中的支持，也包括行動上的關懷。

人人都說關懷愛滋，但真正的關懷，最基本條件就是先要瞭解什麼是愛滋病。

很多人認為：「我沒有性濫交，沒有同性戀，不是癮君子，就不會有機會感染愛滋病，所以我不用去認識什麼是愛滋病，因為愛滋病與本人無關！」但大家有否想過，患上愛滋病的，可能是你的親人、朋友呢？要是有一天，你發現身旁的人是愛滋病帶菌者，你的反應會是怎樣呢？支持他嗎？當作若無其事？還是像一般人隔絕明仔似的，和他斷絕來往呢？不要以為這樣的事不會發生在自己身上，因為幸福並不是必然的；但這也絕不表示充滿痛苦的人生是消極和失卻目標，即使遇上厄運，人還是可以灑脫地欣然面對的。

公眾輿論一般都認為，我們身為愛滋病帶菌者，是極害怕被人得悉病況的。其實換轉另一個角度去看這問題的話，大家會發現並非是我們害怕被人得悉病況，試問哪一個身患重病的人，不需要人家的關懷和鼓勵？但問題卻在於這個社會上，大部分人對我們都不接受、歧視和誤解，使愛滋病患者不得不小心保護自己。

從生理的角度來說，若果因為身體狀況的限制，而不適宜上學或工作，那倒是無可厚非的。但卻不應該因為我們患的是愛滋病，就是被剝奪作為人的基本權利，包括正常的工作、起居生活、娛樂和社交活動。很多人都有一個誤解，以為與愛滋病人一同生活，就有較大機會感染病毒。其實，只要注意血液的處理和不作性濫交，日常生活又怎會輕易染上病毒呢？不見得為何要強迫我們放棄正常的學業和工作，這是完全不合理的。

很多人會問，患上這個絕症的病者，會否對生命抱消極態度，覺得人生很不公平？其實一個人會否抱消極態度，並不在於他有病與否，或者他還剩下多少日子，卻在於他本身對生命的熱誠有多大！「風定花猶落，雨休日還歸」，生命似花似日，即使不遇風雨，也會有花凋日落之時，但花和日又有否因為自己必然的消逝，而放棄自己呢？花還不是掌握着它最繽紛的一刻盛放！旭日還不是用盡每一個朝夕去普照大地！何況花凋之後，明年還會再有花開之時；日落之後，明天還是會再有日出的。

如果說自己是無辜的話，難道別人染上此病就是死有餘辜的嗎？每一個患上此病的人都是不幸的，但卻不能說對誰公平對誰不公平。事實告訴了我們，幸福並不是必然的，患上絕症亦不等於是報應的來臨。就我們所見，不少天真無邪的小孩子患上各種各樣的頑疾，請問他們又是做了那些錯事，才有這樣的報應？再看看我自己，我的出生沒有為這個社會帶來了那些貢獻，但我卻幸運地沒有肢體殘廢，沒有飽受飢餓、衣不蔽體，更沒有葬身戰火之中，比起那些不得溫飽又或天生殘缺的人來說，我對於他們又是多麼的不公平。當我們看見世上有人連腳也沒有時，我們是否還有資格抱怨自己的鞋子太舊呢？

但我們卻仍可以寄望明天，盼明天會更好！